荒淫的魔尊不可能這麼可愛

THE LEWD DEMON CAN'T BE THIS CUTE.

作者—阿滅的小怪獸
繪者—MN

目錄

第一章：我這就領便當了？

「呃啊——」

砰！

一聲慘叫劃破深夜的寂靜，但很快便戛然而止。

虞塵渾渾噩噩地伏趴著，好半晌才意識到剛剛的叫聲居然是自己發出的，想起身卻發現連一根指頭都動彈不了，只有越發強烈的疼痛席捲而來。

我是誰？我在哪？發生了什麼事？

充滿哲學性的三大哉問立刻浮現在腦海中，虞塵又花了幾秒才確認，不是這個世界在旋轉，而是他被狠狠磕中太陽穴的腦袋還暈著，不斷湧上喉頭的噁心感可以佐證這一點。

……小說……對了，我不是在看小說嗎？

今晚的他，應該是在替最近要出版耽美小說的客戶兼損友無償看稿。

他被那本名為《魔尊荒淫錄》的「高肉文」荼毒了一整晚，該書內容簡單概括就是殘忍暴虐的魔尊為了提升修為，豢養了好幾個「爐鼎」助他練功。

不到十萬字的篇幅中，有八成都是香豔刺激的床戲，旨在描述魔尊如何「荒淫」，在各種場景用各種姿勢荼毒他的爐鼎們，看到後面差不多都忘記魔尊養爐鼎其實是為了練功，而不是純粹洩慾。

尤其故事最終還以所有爐鼎都被魔尊「玩壞」，一個個淪為喪失神智、只剩交配功能的性愛道具作結，把書名中的「荒淫錄」三字表現得淋漓盡致。

虞塵只能說自己相當佩服損友在床戲上的「腦洞」很多，但這種還沒看完就把主線劇情給忘光的書，真的很難讓他評斷到底寫得好不好。

或許拿來當「深夜救急文」是不錯的選擇，但這種文就是擼完便忘，甚至好幾篇不同的作品混在一起看都沒違和感，反正能衝就行。

當時他一邊腹誹自己招攬客戶的策略肯定出了大毛病，一邊認命地替對方校對稿件，接著就……

看稿看到睡著了？

他不太肯定自己的記憶是否有錯漏，但他隱約記得損友好像還開玩笑地說，要把他這位免費校稿員寫進故事裡，當作彩蛋送給他，且既不承認亦不否認該角色可能會是一名「爐鼎」，將作者本人的惡趣味表露無遺。

等他一覺醒來之後，應該要撥個電話過去罵損友一頓，並確保自己在書中的龍套角色可以守住貞潔之身；當然，不把他寫進去會是更好的選擇……

「不是這裡……得找別的路……回去……回去找他……要一起逃走……」

就在虞塵還搞不清楚狀況時，嘴裡竟驀地吐出斷斷續續的字句，接著掙扎著起身，但他卻不是做出這些動作的人，而是有另一道意識在控制他的身體。

他彷彿變成一輛轎車，但身為車主的他卻坐在副駕駛座，看著另一個人握著方向盤在「駕駛」這輛車。

他感覺「自己」抬起頭，一片陡峭的山坡隨即映入眼簾，顯然他方才就是從上面滾下來的，難怪摔得渾身是傷，頭也不曉得被凸起的樹幹和石子撞了多少次，走沒幾步就暈得他乾嘔起來。

這是腦震盪了吧？別再動了！先坐下來休息啊！

虞塵努力想奪回身體的主控權，但異常強烈的睡意卻猛地湧上，讓他再度昏迷過去。

在他被迫進入夢鄉前，眼前似乎出現了爬滿文字的電腦螢幕，下一秒卻又變成陰森恐怖的樹林，而那個頂著渾身劇痛仍堅持要「回去」的意識逐漸消弭，直到化為腦海中一道微弱而蒼白的回音……

◆

痛，好痛。

虞塵醒來的第一個想法就是全身痛得要命，彷彿回到高中時偷騎車去兜風，結果摔車「犁田」，在床上躺了好幾個星期的悲慘日子。

他隱約記得自己作了個摔下山崖的噩夢，夢裡的他可慘了，頭都撞出腦震盪，眼前的東西晃得跟高速旋轉的萬花筒一樣，然後他還不知道在頑強什麼，暈著也要翻山越嶺，邊走邊吐都不能阻擋自己想回去找他的意念……

嗯？回去哪裡？想找誰來著？

「哎，稿子好像還沒看完……還是已經看完了？」虞塵下意識呢喃出聲，想著就算自己看稿看到睡著、再到從書桌滾下來，身體也不至於痛得像是真的墜崖了一樣。

他掙扎好幾秒都沒能讓四肢動彈一下，而且明明已經睜開雙眼，但視線裡卻依舊晦暗不明。

「虞塵、虞塵……快醒醒，管事的過來了！」

一道稚嫩的嗓音縈繞在耳邊，虞塵終於恢復視覺，模糊間看見一張漂亮到雌雄難辨的臉蛋湊在自己面前，神色滿是焦急，甚至有點恐懼。

「我起來了、我起來了……媽耶，怎麼會這麼痛啊……」虞塵咬牙坐起身，隨即被映入眼簾的畫面弄傻了。

出現的不是已經習慣了二十六年的身體，而是一副乾癟瘦弱的身軀。

別說那些他鍛鍊得要死才勉強出現的腹肌徹底沒了，連整個體型都縮水好幾號，雙手雙腳纖細得彷彿一折就斷。

這肯定不是成年人的身形，而是少年的，而且還是有點營養不良的那種。

更糟糕的是，虞塵還發現自己這副小身板上全是傷痕，其中甚至有隱約滲著血、明顯還相當新鮮的傷口。

「我這是被車撞還是被狗咬了？也太慘了吧？」虞塵目瞪口呆地看著滿身的慘狀，小心挪動手腳後才稍微安心了些，至少他感覺這些痛楚都是來源於皮肉傷，還不到傷筋動骨的程度。

那名尚不知性別的漂亮孩子匆匆拿了件長袍給虞塵披上，一邊替他穿衣、一邊緊張地道：「我知道你很疼，但絕不能被他們發現你受傷了，那會惹來更大的麻煩，只能委屈你先忍忍。」

「沒事的歆遙，小傷而已，我過兩天又生龍活虎了！」虞塵想都沒想就脫口應道，等講完這話之後他才反應過來一件詭異的事——

慢著，我剛剛喊他什麼？

不等他多加思索，小屋外就傳來令人戰慄的哨聲，虞塵這才發現周圍其實還聚集著許多一臉憔悴的少年少女，眾人在哨聲響起時紛紛面露驚懼，卻又不敢發出任何聲音，乖巧地推門而出，在外面的空地上列成一排縱隊。

虞塵深吸一口氣後跳下床，努力不讓臉上出現任何吃痛的神色，朝歆遙豎起拇指，一副「安啦，我可罩了」的表情，一瘸一拐地走了幾步，在踏出門檻前便恢復成正常的走路姿勢，完全看不出任何可疑之處。

他和歆遙來到隊伍最尾端，臉上雖然一片淡然，但實際上心裡已經尖叫到沙啞了。

我這是在哪啊！

為什麼我會對一個陌生人喊出小說角色的名字啊！

我他媽該不會是——

穿、越、了、吧！

虞塵做了幾次深呼吸才強壓住大吼大叫的衝動，開始分析起眼前的情況。

身為一個深受網路小說荼毒的現代人，穿越文沒看過十篇也有八篇，雖然第一時間感到極度荒唐，但很快就暫時接受了自己的處境，並思考起曾經看過的穿越作品中，都有什麼值得借鑑的東西……

不對啊！不是應該先懷疑自己是不是作噩夢了嗎！

虞塵晃著腦袋，思考自己如果就地躺下，是不是再睜眼就能回到現實？或是像不少人說的，在夢裡如果發生「墜落感」，就能清醒過來，所以找個高處往下一蹦就能解決所有問題？

但他只想了不到五秒就放棄這個念頭，因為他發現此時的感受太過真切，讓他難以相信自己是在作夢。

不僅是身上傷口傳來的痛楚，還有鼻子聞到的氣味、肌膚被微風吹拂的感覺、耳邊聽到周圍的孩子們緊張急促的呼吸聲……一切都過於真實。

他有點擔心自己如果真的找地方跳下去，那就徹底長眠了。

在跳過作夢這個選項後，虞塵認命接受了自己真的穿越的事實，並開始列出目前已知的線索。

首先，他隔壁這個孩子叫「歆遙」，且記憶中有這名字的寫法，所以他可以暫時確定自己穿越的目的地，就是那本荒唐至極的耽美小說《魔尊荒淫錄》。

其次，他腦袋裡有不屬於目前的自己——指現代那個虞塵——的記憶。這是個本就存在的人物，和周圍的人也有互動，所以他必須盡快融合好兩方的記憶，以免被人察覺異狀。

更重要的一點是——這本書他熟啊！

至少剛看完兩遍的他，大部分情節都還是記得的，儘管其中很多都是應該派不上用場的床戲……

「不對啊，書裡啥時有『虞塵』這個角色？」虞塵心中隱隱不安起來，因為他想到簡玲泠掛斷電話前，曾說要送他一個「彩蛋」來著。

所以那傢伙真的把他安排進書裡了，而且是他還沒讀到的增補段落！

「嘀嘀咕咕什麼？低頭！」

一道凶惡的嗓音打斷虞塵的思考，他反射性地聽命低頭，一隻粗糙的手隨即在他後頸上摸索，又粗魯地揉捏幾下才鬆開。

「叫什麼名字？」那名其貌不揚的男人粗聲問道。

「虞……虞塵。」

一瞬間閃過的記憶讓他發現，原主的確跟自己同名，但在這裡，虞塵二字就是他的名，他並沒有姓，因為他只是一名「奴隸」。

奴隸是不配擁有姓氏的。

「記下來，這個也差不多了，可以趕上三天後的儀式。」

虞塵沒聽明白那名男人對隨從所說的話，身體卻下意識地顫抖起來，彷彿已經知曉自己接下來的命運。

他轉頭看著歆遙，和他一樣低下頭，並在男人說出一樣的評價時哭了出來。

虞塵那個還略有混亂的腦袋終於想起這個詞意味著什麼，來源有他看小說時讀到的字句，也有來自原主的記憶。

分化儀式……

他們的身子到了差不多要分化第二性徵的時候了！

一般來說，人類在十六歲左右就會自然分化出第二性徵，正式確立自己到底是乾元、中庸、坤澤中的哪一類，並影響往後的命運。

而在《魔尊荒淫錄》中提到，「爐鼎」始終是相當稀缺的資源，加上現任的魔尊對爐鼎的需求又特別大，所以會在這些被捕捉來的奴隸接近分化期時，直接用外力「催熟」他們，讓他們盡快顯現屬性，方便區分和後續的培育。

虞塵不確定自己這副身體的年紀，但他記得小說劇情裡，歆遙是十四歲的時候被判斷身體可以接受分化儀式，在真正成熟前兩年就提早知道自己是名坤澤，是將來會成為魔尊頂級爐鼎的「好苗子」。

那顯然他此時的年紀不會差多少，應該也是十四歲左右。

檢查完所有奴隸後，被點名的人都在脖子套上做記號用的頸圈，同時也是表示他們後頸的「信引」已經接近成熟階段，準備份化第二性徵。

「你們這幾天都給我乖乖待屋裡，誰敢亂事，我保證他活不過儀式。」那名負責辨認奴隸身體狀態的男人冷冷說道，在眾人恐懼的眼神中轉身離去，大概是要去向上級報備最後一波名單。

等那些「管事的」都離開後，脖子上有頸圈的少年、少女們都哭了起來，但沒被選中的人也並未上前安慰，因為大家都知道那只是早晚的問題，每個人都是待宰的羔羊。

其實此時的他們，尚不知道分化儀式的目的為何，只曉得被帶走的孩子從沒活著回來過；變成屍體被抬回來的倒是看過幾次，還是當著他們的面燒成黑炭，再讓他們親手埋起來。

所以那些管事者根本不需要對這些孩子多加管教，光是以這種方式營造出來的恐懼感，就足以把他們嚇得不敢反抗。

「虞塵、嗚……怎麼辦、嗚嗚……我不想分化……」

歆遙哭得梨花帶雨，但虞塵第一時間想到的卻是——

長這麼漂亮註定要當總受的啊，這是人設一開始就決定好的事！

虞塵連忙甩開這個講出來會被打死的念頭，對歆遙低聲說道：「你別急，我今晚再試試能不能找到新的岔路。我感覺那個方向是沒錯的，只要找到安全下山的路，肯定能離開這見鬼的地方。」

他此時已經明悟，昨晚的墜崖根本不是什麼噩夢，而是這副身軀的真實經歷！

原主這段時間一直偷偷溜出去找逃脫路線，想帶歆遙等幾個夥伴趕在被送去分化儀式前逃離，可偏偏運氣不佳，在探查過程中失足掉進山溝裡。

就在摔下山崖的那一刻，現世的虞塵穿越過來，兩個靈魂在這副身軀中交融，但原主的意識在堅持著返回歆遙身邊後，就逐漸消失了……

如今只剩下一個虞塵，和一堆不屬於他的零碎記憶，勉強證明另一個靈魂曾經存在過。

即便已經完全取代原主，但虞塵並沒有放棄脫逃計畫，反而還更加用心，因為他也不想面對那個可怕的分化儀式。

儀式過程是不會痛苦的，得知分化結果後的命運才令人恐懼。

就不提歆遙這個註定要當爐鼎、被魔尊天天荼毒的可憐坤澤了，虞塵也不清楚大作家簡玲泠究竟給他安排了什麼劇情，萬一也成了坤澤他可受不了，那種等著被強暴的感覺糟到無法用言語形容。

強制愛這種東西，果然只能存在虛構的創作裡，實際發生的時候除了報警之外還是報警啊！

「可你身子還沒好……」歆遙滿是擔憂的嗓音傳來，將虞塵的思緒拉回現實。

「都說了，小傷而已，沒問題的！」虞塵露出自認最可靠的笑容，拍拍歆遙的頭，頗有大哥照顧小弟的氣勢。

在原主的記憶中，虞塵跟這一批同時期被關押起來的孩子們都滿要好的，似乎和現實裡的自己差不多，都是愛交朋友的性子。

儘管從有記憶以來，便一直是宛如被當成牲畜豢養的狀態，但他始終活得頗為開朗，甚至開朗到有點沒心沒肺的程度。

這讓從小就性子懦怯的歆遙以他馬首是瞻，遇上什麼事，第一個想到的都是去找他，對他相當依賴。

虞塵在殘破的記憶裡察覺，原主之所以會提出要找路逃脫的計畫，就是因為他很確信歆遙繼續留在這裡，絕對會面臨可怕的命運。

誰讓他長得太好看，這種外貌說穿了就是紅顏禍水，不當爐鼎也會面臨其他危機，註定沒好下場。

「所以說，人設真的很重要啊……」虞塵忍不住唏噓，見一旁哭紅眼的歆遙正困惑地看著他，連忙笑道：「我再回去睡一會兒，養精蓄銳，看晚上能不能再多探點路。」

歆遙看著虞塵，忽地低下頭悄聲道：「如果找到路，你就直接走，莫再回來了。」

虞塵愣了一下才意會過來歆遙話中的意思，連忙也壓低嗓音道：「你在說什麼啊？找到路當然要回來帶你走啊！到時如果有其他人也想離開的，就一起走，能逃幾個算幾個！」

歆遙勾起一抹美到讓人心碎的笑，哽咽著道：「我、我是累贅……沒有我，你一個人肯定可以活得很好……」

大家不過是十來歲的孩子罷了，還從小被關押起來，一個個顯然單純得可以，但處在這種天天擔驚受怕的生活環境下，多數孩子其實都相當敏感又早熟的，對自己的命運並非毫無知覺。

虞塵看得出來，歆遙也對自己即將面臨的處境有所猜測，似乎已經被嚇得放棄了求生機會，才會說出這種喪氣話。

他認為自己不該拖累虞塵，同時又對「逃離」這件事感到害怕，可能是怕失敗，也可能是怕成功逃脫卻又落入其他困境，那種名為「希望」的念頭開始反過來折磨他稚嫩的心智，讓他有了乾脆放棄一切希冀的想法——

沒有期待，就不會受到傷害。

虞塵沒有說什麼鼓舞對方的話，而是盡力融合原主的情感和想法後，語氣堅定地道：「總之，找路的事，我不會停下。你知道我這人最貪生怕死了，我可不想就這樣認命面對有去無回的儀式，只要還有活下來的機會，我都不會放棄！」

他伸手抹去歆遙臉上的淚水，又揉了揉那烏黑柔順的髮絲，這才回到小屋裡躺好，爭取在夜晚來臨前多恢復一些體力。

說真的，他此刻還是感到強烈的矛盾，一邊是對穿越的事感到太不真實，但另一邊卻又隨著原主的記憶和自己合而為一後，對這個世界的疏離感逐漸消失。

冥冥之中，他知道自己暫時是離不開這個世界了。

唯一能安慰自己的，也就是他已經提前知道劇情發展還有故事設定，這些東西肯定能幫他找到一線生機。

「大姊，求妳了，千萬別給我安排什麼可怕的發情橋段，讓我當個快樂的龍套就好……」虞塵一邊回憶各種內容一邊在內心用力祈禱，只希望簡玲泠能善良一點，別真的把他寫成魔尊的爐鼎之一。

他可不想穿越到一本小黃書裡，最後還被總攻給幹廢成無腦的肉X器！

《魔尊荒淫錄》裡，就沒一個爐鼎善終的啊！

三天後，他的祈禱算是成功，但也不算成功。

沒能順利找到路逃脫，他終究被帶去進行分化儀式，然後在得知結果的當下眼前一黑，無比後悔自己當初怎麼就跟簡玲泠這麼惡劣的女人成為朋友。

他沒分化為坤澤，不必面對成為爐鼎的命運，因為某作者直接發了個下戲的便當給他。

「我怎麼會是『乾元』啊！我死定——了！」

第二章：當不成爐鼎的我只好……

……魔道的修煉核心可以「強取豪奪」一詞概括，舉凡天地之氣、草木精華，甚至人獸氣血皆可掠奪，以無所不用其極之勢強行進階，故而稱「魔」，偏執為魔……

……《魔神造化功》更是此道經典，其萬物皆可殺掠的得道功法令人膽顫。在渡劫飛升為真魔後，更推崇以「爐鼎」輔助修煉，採補精元而達到事半功倍之效……

……魔修為培育優質爐鼎，慣以殘忍手段自下界蒐羅大量孩童，豢養至分化之時，依其屬性區分養育：最上乘者為坤澤，精元屬陰，可大大提升乾元魔修之功力；中庸次之，雖不及坤澤滋補，尚可以數量彌補之；乾元無用……

……爐鼎者，其以身為爐、以氣為藥、結丹凝元，練化至魔丹境方可採補。若配合坤澤初次雨露、情動昏盪，則功效更佳……

虞麈臉色慘白地站在儀式小屋前的廣場上，在他之前已有數人分化完畢，被管事者按照屬性區分開來，但他站的區塊裡只有他一人，顯得特別孤寂悽慘。

「大姊，妳搞死我了啊……」

虞麈一想到故事中的設定便欲哭無淚，很想回頭進小屋再分化一次，看能不能洗一個新的屬性出來？

玩遊戲都還有什麼「洗點卡」能把點錯的屬性歸零重來，這世界有沒有靈丹妙藥也可以讓他重分一次，甚至能直接指定分化結果更好，畢竟——

乾、元、無、用！

他現在滿腦子都是書裡提到的這四個字，再怎麼積極樂觀的性格，都無法消除他此刻的絕望。

《魔尊荒淫錄》中是這麼設定的：這世界的屬性分配上，數量最多的是所有基礎素質都普普通通的中庸；其次是潛力強大、幾乎天生註定成為霸主的乾元；而坤澤當然是最為稀缺的一款，是一出現就人人爭搶的高級資源。

在這種分化比例之下，也不可能把比例最高的中庸都銷毀，那過於浪費，所以通常那些分化成中庸的人，還是會嘗試著將他們養成爐鼎，以備不時之需。

哪怕日後當不成爐鼎，只要好手好腳、神智正常，也依舊是堪用的人力資源，總能找點事情給他們做，橫豎不算太虧。

唯獨分化成乾元，不僅當不成爐鼎，養大了還可能反過來爭奪資源，猶如隱患，不如當場殺了省事。

像他這種從奴隸分化出來的乾元，註定不可能活到成年。

虞塵這時候已經大概猜出簡玲泠給他準備的「彩蛋」為何：原主身為總受歆遙的竹馬，差點成為拯救他的大英雄，可惜在分化儀式上不幸成為毫無用處的乾元，大概在故事第一章左右就領便當下戲，留下一個「到此一遊」的背影⋯⋯

就不能施捨個沒戲分的龍套給他嗎！讓他活在背景板裡不好嗎！哪怕是當個負責挑屎清茅房的中庸也好啊！

設定一個被劇情殺的角色還能幹麼？不就只是為了拿來解釋世界觀嗎！

太可惡了！

虞塵正仰天悲嘆，耳邊就傳來一聲聲驚呼，回頭只見最後一個走出小屋的歆遙哭哭啼啼的地獨自站到了坤澤那一區，和他遙遙相對。

「不錯，總算還有個坤澤，不然這出貨率也太糟，大長老肯定罵死我。」

管事者中的頭領滿意地笑了笑，又撇頭看著虞塵，皺眉吩咐道：「這個等會兒就殺了。記得讓那些小鬼挖坑的時候挖深一點，可別再讓來福把屍骨刨出來。」

一旁的跟班忙不迭地點頭應道：「那是、那是。上回來福啃了那些屍骨，吃壞肚子號了三天三夜，尊上氣得把二長老的屋門都掀了……」

「噓，慎言。莫在背後議論長老們與尊上的事。」

「小的知錯、小的知錯了。」

這些人就這麼肆無忌憚地在虞塵面前討論他的死亡，虞塵也意會過來了，之前被抬回來燒給小奴隸們看的屍體，八成就是和他一樣分化成乾元的倒楣蛋，稀里糊塗地結束短暫的一生。

此刻虞塵心中有八百斤的嘈想吐，並對天發誓自己要是還能活下去，就再也不看什麼ＡＢＯ設定的故事，因為這世界觀刨除掉快樂打炮的部分後，實在是原始野蠻到令人絕望。

更別提簡玲泠還在故事中添加不少私人設定，例如：修仙道者通常會希望乾元越多越好，崇尚整體實力的強大；修魔道者崇尚個體實力極限，乾元之間競爭激烈，常有互相殘殺的行為。

他一個身在魔道的乾元，就算不是奴隸出身，同樣也得活得無比艱辛，區別只在一個是成年之前就被殺死，另一個是成年之後要歷經重重競爭然後被其他乾元殺死……

我太難了。

虞塵又看了一眼歆遙，發現對方也正望著他，尚不明白自身命運的小坤澤似乎只是困惑於兩人正好處於兩個極端，同時又感到忐忑不安，因為向來會替他出主意的虞塵和他「不同屬性」。

若接下來的日子兩人得分開來過，這個沒主見的傢伙該如何是好？

虞塵看著歆遙那懵懂又隱隱祈求幫助的神情，心中一嘆，似乎猜到了簡玲泠安插他這個角色的另一重目的——

這他媽是要讓他的死變成歆遙的執念吧！

那個陪他一起長大、總是照應他的竹馬，如果沒有死的話，就是他這個坤澤最嚮往的、可以託付終生的乾元。

但一切終究是不可能成真的妄想，也只有在被魔尊凌遲時，才會在腦海裡回想起他的身影，給自己一絲苟活下去的動力。

虞塵，就是爐鼎歆遙的白月光——

虐！

「大姊，妳腦洞怎麼這麼大……」虞塵捂著心口，差點沒把自己給虐吐了。

有這麼一個白月光一般的角色來讓歆遙的背景設定昇華，虞塵喜聞樂見，因為那會讓整個故事總算不像是純粹洩慾用的小黃書，人物的刻畫有了動人心弦的深度。

但可不可以別用他的死來昇華啊！

他才二十六、不……他才十四歲而已，為什麼要承受這年紀不該承受的壓力和命運！

眼看管事者在指揮僕役收拾小屋，準備結束儀式，也準備取走他的小命，虞塵一咬牙，大聲叫：「我不想死！」

這稚嫩的嗓音讓一群大人都愣了一下，頭領饒有興味地看著虞塵，笑問：「所以呢？」

「我、我可以做很多事！什麼髒活累活都願意幹，絕對不會有半分怨言！而且、而且……」

虞塵思緒電轉，豁出去似地說道：「我知道我是乾元，當不了爐鼎，但你們不讓我修煉的話，我就算是個乾元又如何？面對你們這些修行者，還是手無縛雞之力，根本不用擔心我作怪！」

虞塵這番話終於讓頭領斂起笑意，口氣冰冷地問：「修煉之事，你一個小奴隸如何得知？還有『爐鼎』，你又曉得那是何物了？」

「有時候、有時候管事的來放飯，會聊天，我就偷偷聽了點……我知道爐鼎可以輔助尊上修煉，但只有坤澤是最好的爐鼎，中庸次之，乾元無用……」

虞塵說著半真半假的話，倒也不怕頭領複查，因為那些管事者的確會當奴隸的面閒聊，而且往往口不擇言，只當奴隸們聽不懂所以無所謂。

果然，虞塵這麼一說，幾個僕役都面露心虛，似乎真的有在奴隸面前談論過相關事務，卻不料那些看起來懵懂的孩子裡，居然會有人把這些話都聽進去。

這算不上洩密，可這些奴隸本就不該知曉太多與自身處境相關的訊息，得讓他們始終處在無知又害怕之中，才是最好管理的狀態。

頭領沒管那些如臨大敵的部下，而是細細咀嚼虞塵的話，發現這孩子口條清晰，用字遣詞更不像個沒讀過書的奴隸，不僅僅是把僕役說的話聽進耳裡，甚至還能依此拼湊出正確的訊息。

在應對上，他也是不卑不亢，神情中雖有恐懼，卻沒有屈服，反而充滿求生意志，似乎只要給他一個機會，他就會緊握不放，並做到最好。

別說是個十來歲的孩子，就是不少大人也擺不出這番態度。

尤其他還是個凡人，面對能一只手捏死他的魔修，沒嚇得哆嗦就罷，還能挺著脖子冷靜應答，這心性甚至趕得上不少修煉者。

這不應該啊？

這些孩子全是三到五歲時就被拐來部族中豢養，能接收到的外來訊息少得可憐，總不能說他五歲前就學會處事之道吧？那豈不是說，他們居然在凡界撈到一個小神童？

太扯。

頭領思索半晌，還是沒能拿定主意，一方面是覺得這孩子確實有點東西，就這麼處死似乎有點浪費；另一方面卻又覺得，這種心思活泛的傢伙，但凡聽話，那便是不可多得的人才，可不聽話就特別危險。

魔修是一群善於利用萬物並搾乾萬物的人，若虞塵真有留下的價值，他們倒也不介意留他一個乾元一條活路。

固然，乾元有生來最強大的「信引」，在生理層面對中庸和坤澤有天生的統馭力，可正如虞塵所說，他們都是有根基的修煉者，就連最弱勢的爐鼎也起碼有魔丹境的實力，區區一個凡人乾元根本影響不了他們。

「小子，你倒是說動我了，但我決定不了你的去留，跟我去見長老吧。」

「感謝您！」

虞塵喜笑顏開，搬出他跑業務時練出的厚臉皮，這就熟稔地道：「請問我該怎麼稱呼您呢？真是多謝您給我這個機會，將來我肯定會好好報答您！」

「嗤，能不能活著還沒個準呢，這就想攀關係了？你這小子可真滑頭……我是屠氏部族的總管家，你跟著大家喊我藺總管就是。」

藺總管似笑非笑地看著迫不及待衝上前的虞塵，又一次對這名看似怕死實則大膽的孩子多了一分興趣。

藺成，屠氏部族內所有雜事的管事者，聽起來就像等級比較高的僕役，但實際上要掌管一個百人部族的生活起居並非易事。

儘管藺成沒有決議部族事務的實權，但部族卻少不了他的經營管理，影響力其實不小於各位長老。

虞塵對這個角色有印象，多問一句也只是確保自己沒有對錯號，因為故事裡也只是稍微提到，這位藺總管會親自盯著爐鼎培育的相關事務，所以主持分化儀式的也應該是他。

「虞、虞塵……」

另一頭，分化為坤澤的歆遙也被藺成帶上，立刻就湊到虞塵身邊，可憐兮兮地喊了一聲便緊張地捏住他的衣袖，連頭都不敢抬起。

藺成瞟了虞塵和歆遙一眼，轉過頭背對著他們，邊走邊道：「他就是你把自己搞得一身傷的理由？」

虞塵悚然心驚，就聽藺成笑道：「滑頭不起來了？你們真以為那座山上沒人時時刻刻盯著？沒人知道你這小鬼頭三不五時就翻牆往外鑽，以為能找到離開的路？」

對不諳世事的十四歲孩童來說，確實是想不到這個層次，而虞塵剛穿越過來的幾天也還有些渾渾噩噩，沒意識到幾個孩子密謀的逃脫計畫對這些管事者來說，就只是一場小小鬧劇。

他們都是魔修特地圈養的修煉資源，加上各個部族間競爭激烈、時有相互掠奪的行為，怎麼可能會沒人把守，還讓一個孩子找到空隙偷溜？

那不過是懶得管而已，反正也掀不起什麼風浪，就任他們鬧騰算了。

虞塵很快就冷靜下來，斟酌著應道：「我知道爐鼎是什麼後，確實……確實很擔心我和歆遙的處境，所以想帶他逃離……但現在說這些也無濟於事，我曉得活下去才是最重要的。」

藺成有些意外地看了虞塵一眼，哂笑道：「你倒是坦然，還以為你要說些藉口搪塞過去。就不怕我認定你這種會耍小聰明逃脫的傢伙是個隱患，決定除之後快嗎？」

「您也說了，我這只是小聰明。在絕對的實力面前，這點小聰明就是笑話，哪算得上隱患呢？而且我始終堅持的，就是活下去。既然沒有離開的路，那在這裡找到活著的辦法便是。人只要活著就一切好說。」虞塵侃侃而談，這氣度就連跟在一邊偷聽的僕役們都感到詫異與佩服。

甚至有人升起了「難怪乾元生來就高人一等」的詭異感慨，把虞塵的臨危不亂都歸功於他的屬性使然。

「行吧，等會兒你就用這口才說服長老們留你一命吧。」藺成有些哭笑不得，要不是每個奴隸都登記在案，他都要懷疑虞塵其實是去哪個部族裡搶過來的了。

真想把他放進晉階試煉裡，挫挫那些天之驕子的銳氣。

不是他不夠忠誠，實在是部族裡特意培養起來的修煉者中，有虞塵一半機靈的根本沒幾個，一個個都是只知道殺戮掠奪的莽夫。

其實就連魔尊也……

搖搖頭甩開那些不合時宜的想法，藺成帶著一行人來到一座三層樓高的院樓前。

鬱鬱蔥蔥的樹林圍繞著外牆斑駁的院樓，讓此處看著就十分古色古香，頗有世外高人隱居之處的風味，就是門口臥著一頭比人都還高的「異獸」過於嚇人，破壞了這片景致的秀美。

那是一頭渾身白毛黑紋、形似獅子的巨大野獸，交疊在身前的爪子鋒利得嚇人，一嘴獠牙還綴著晶亮的唾沫，琥珀色的豎瞳緊盯著藺成等人，像是隨時要起身撲咬這些比牠還要瘦弱的人類。

但這麼高大威猛的野獸，偏偏在頸子上別了一顆比拳頭還大的鈴鐺，隨著牠晃動腦袋發出一點也不清脆的鈴響。

「嗚……」

野獸粗獷的外貌成功把歆遙嚇得哭出來，直接躲到虞塵身後，但虞塵卻一臉古怪，因為他已經認出眼前這隻野獸是書中的哪個角色。

唷，這不是來福嘛！

虞塵差點脫口跟眼前這隻有著狗子名的大貓打招呼，他記得故事裡有說，這是魔尊最心愛的寵物及坐騎，長著「我要咬死你全家，並用他們的骨頭剔牙」的臉，實際上卻一點也不凶惡，甚至有點膽小，並且有些頗糟糕的「壞習慣」。

那壞習慣導致牠在故事一半的時候也領便當了，魔尊因此氣得一口氣上了包含歆遙在內的三個爐鼎洩憤，該段落共計七千字左右，真的是打炮打到腎虧的節奏。

再一次，虞塵用力吐槽简玲泠的腦洞，就為了安插一個4P的橋段，居然獻祭了一隻來福以達成目的。

來福！你死得好慘啊！

藺成對這隻大貓當然熟悉，被瞪著也沒什麼反應，只是納悶地自語：「尊上怎麼出關了？不說是要衝境界嗎？總不會三天就升一級吧？嘶，這什麼領悟力……」

虞塵也聽到藺成的話，很想開口說，《魔尊荒淫錄》的作者是親媽屬性，給自家大總攻兒子安排了天怒人怨的超高資質，基本到了呼吸都可能頓悟的地步，只用不到一百年的時間就修完人家八百年的道行，準備飛升時更是把天劫按在地上摩擦，都不曉得是誰在渡誰。

反正怎麼厲害怎麼來，帥就完事了。

「虞塵……爐鼎是什麼？我們會死嗎？」

歆遙細細軟軟的嗓音從背後傳來，虞塵聽到這問題就頭大，只能小心翼翼地回道：「其實我也不大清楚，只知道尊上修煉的時候要用爐鼎，那、那肯定是很重要的存在。你……你對這些人來說很稀有也很重要，所以不用擔心，他們不會殺死你的。」

虞塵腦子裡奔騰而過幾萬字的肉文，同時湧上滿滿的罪惡感，卻又不可能對歆遙坦白，魔修確實不會殺他，還會好生供著他——

讓他成為魔尊最愛的爐鼎，過著生不如死的日子。

這已經不是火不火辣的問題了，而是一想到身邊這名無辜的小正太未來將面臨可怕的夢魘，虞塵就難受得不得了。

雖然他此時更應該考慮的是自己的小命，但或許是原主的記憶和情感也影響了他，以及得知故事結局的無力感，讓他對歆遙的處境也感到萬分心疼。

能不能……能不能讓魔尊別禍害這些爐鼎……

說不定我有辦法影響劇情、影響角色的發展……

虞塵長嘆一聲，逼自己正視眼前最重要的生存問題，等小命保下來再去考慮其他事情。

不是他不夠善良，而是沒本錢善良。

「昂——」

伏在樓房門前的來福突然叫喚了一聲，緊接著就見深鎖的大門「砰」一聲被撞開，一抹高挑的身影疾步而出，所有人都反射性地低頭，不敢與主人對視。

但有兩個小傢伙卻不懂這些禮數，正愣愣地看著那名年輕男子怒氣沖沖地走來，還一邊大聲嚷嚷道：「你們說多少遍我都不去！浪費時間！」

虞塵目瞪口呆地看著來人，心裡只剩一句話——

這樣的魔尊我可以！

簡玲冷老早就給她的免費校稿員看過角色插圖，所以虞塵對魔尊的容貌已有預設印象，甚至因為白髮和紅眼的設定直戳他好球帶，讓他發出了「我覺得魔尊很辣，想上他」的感嘆，聽得原作者懷疑人生，不懂為什麼她用洪荒之力寫出來的大總攻，自家校稿員卻想讓他當受？

虞塵沒跟簡玲冷說，當他收到魔尊和歆遙打炮的火辣插圖時，第一時間就把歆遙給裁了，只留下魔尊那一半當成手機桌布。

男人不管直的或彎的，面對性癖時永遠是最誠實的！

在這樣的前提下，魔尊從2D化為3D的成效尤為驚人，竟讓虞塵一瞬間覺得自己的心臟似乎忘記怎麼跳動，連呼吸都跟著停止。

魔尊有一張絕對稱得上是完美無瑕的俊美臉蛋，五官秀氣得甚至有點人畜無害的感覺，僅有那雙隱約透著煞氣的紅眸才讓人感受到他的危險性。

一頭銀白長髮只隨意用個頭箍紮住，凌亂地披散在肩頭，與他一身黑色大氅形成強烈對比，卻不顯狼狽，而是瀟灑帥氣。

此刻的他一臉怒容，周身環繞的殺氣讓所有僕役都顫抖起來，但在虞塵眼裡，這樣的魔尊依舊漂亮得令人挪不開眼。

媽耶，這就是三觀跟著五官走的感覺嗎？

長這麼好看的強暴犯，好像、似乎、大概……

「不行不行不行！」虞塵瘋狂搖頭，甚至想抽自己幾巴掌，把那種糟糕的想法給轟出腦袋。

長多好看都不行！犯罪就是犯罪！

虞塵狠狠敲打一番自己的價值觀，告誡他們不可以跟著性癖走，隨後又莫名其妙浮現一個大膽的想法——

這樣的魔尊，把他掰正了不就是極品天菜嗎？

「醒醒啊虞塵，你小命還不保呢……」虞塵叨唸幾聲，在歆遙困惑又驚訝的眼神中猛拍自己腦門幾下，才終於把過於活躍的思緒壓制下去。

魔尊這時也注意到門外還擁著一群人，冷冷掃視一圈後發現居然有兩個小鬼頭正傻乎乎地看著他，一雙紅眸便微微瞇起，然後朝那兩人快步走去。

「尊上，這是給您培育的爐鼎。」藺成連忙向主人介紹起來，又補充道：「聽聞三長老說，您的修煉進度已經快進入中期，這時期開始使用爐鼎的效果最佳，我們已經為您預備好數名優秀的坤澤爐鼎，只需您吩咐，立刻能配合您修煉後續功法。」

魔尊看了藺成一眼，突然伸手拎起虞塵的領子，把他提在半空中，語帶不耐地道：「這傢伙是乾元吧？怎麼當爐鼎？你們逗我呢？」

對一個擁有自己地盤的乾元來說，其他乾元的氣息就是一種挑釁，哪怕這是個根本還未成熟的少年，魔尊也能輕易嗅聞出對方的信引，並從中判斷他的強弱。

這是刻劃在乾元體內的本能，莫說是魔尊，虞塵其實也有很清晰的感受。

兩個乾元湊在一起，就是有股想將對方擊敗與征服的衝動，因為乾元生來就是站在最高點的霸主，眼前的一切都要臣服於自己才行。

「尊上，這、這是個小意外。雖然這小傢伙當不成爐鼎，但或許還有可用之處……你做什麼！」

藺成正抹著腦門上的冷汗想與魔尊解釋來龍去脈，卻不想那個被衣領勒得快喘不過氣的虞塵居然掙脫箝制，接著一頭就往來福的方向奔去。

魔尊當然不可能連個弱小的凡人都抓不住，但他發現虞塵的目光始終看著來福，有些好奇，這才主動鬆手讓人落地。

就見虞塵根本不怕來福那可以輕易撕碎他的長爪與利齒，衝到牠面前大聲叫：「那個不能吃！快吐出來！」

魔尊聞言一愣，再看自家愛寵的嘴邊此刻果然掛著一絲墨綠的唾沫，同樣臉色大變，衝上前扳起大貓的嘴。

只見魔尊動作嫻熟地翻上來福後頸處，從後扣住牠上下頜用力扳開，在愛寵奮力掙扎間對虞塵吼道：「你見到牠吞了什麼？快說！」

「一、一團綠色的……蟲子？應該是蟲子，長好多隻腳，我知道那個有毒的！」

沒錯，魔尊家這隻大貓有個致命的壞習慣，就是什麼都喜歡往嘴裡塞，時常吃壞肚子，最終在故事裡領了下戲便當也是因為誤食毒草，死狀那叫一個悽慘，害魔尊用了三個爐鼎才平息愛寵慘死的怒氣。

「隱茴蟲你都吃！我是餓著你還怎麼的？快給我吐出來！」

「嗷嗷昂昂昂——」

大貓來福本著「接受批評但打死不改」的態度奮力掙扎，周圍的僕役們也一陣手忙腳亂，但又不敢隨意靠近扭打的主寵，畢竟隨便挨上來福一爪子都可能躺上半年，沒人想拿自己的小命開玩笑。

虞塵也想找地方躲避，但又知道這或許正是自己的一線生機，做了幾次深呼吸後，強忍著懼意再度衝上前，在魔尊撐開來福那張大嘴的同時將手伸入，頂著可能會直接犧牲這隻手臂的風險摸到來福的咽喉，然後用力一扯——

「嘔——嘔！」

讓眾人都跟著隱隱反胃的劇烈嘔吐聲響起，大貓來福弓著背一通狂吐，而正好對著牠那張大嘴的虞塵首當其衝，直接被噴了滿身穢物，腥臭之氣薰得他視線都開始模糊。

我，虞塵，雖然當不成爐鼎，但我能給你家異食癖的大貓催吐，好棒的！

孱弱的身子再也頂不住這頓嘔吐暴擊，虞塵當場暈了過去。

在失去意識前，他隱約聽到了幾人的對談。

「您打算如何處置他？他這也算……立下功勞？」

「嘖，麻煩……算了，洗乾淨送我屋裡，我有話問他。」

第三章：我其實是在哄老ㄆ……咳

……屠淵，字黎洹，史上最年輕的「魔尊」，當前最有機會飛升神界成為「魔神」的修煉天才，但也因為生在極為競爭的環境下，又長時間只專注於修煉，故而不懂人情世故，性格暴虐乖戾、我行我素，對他人難以產生信任感……

……實際上他就是個單純的修煉狂，通常以絕對的實力擊敗對手，導致他其實沒什麼城府，對修煉以外的事有些遲鈍甚至苦惱……

今天的屠黎洹很焦躁，非常焦躁。

其實也不只今天，他時常都處在這樣的情緒之中，但也很難說清是他本來的性格就是如此，還是受了魔修功法的影響過深才導致。

畢竟自他有記憶以來，修煉就和生活脫不開關係，似乎一睜眼就在鍾鍊自身道行，累了就歇一會兒，然後再重複一樣的循環。

你要問他是否真的如此沉迷修煉晉級，倒也不至於，只是修煉於他而言是最簡單的事，可以讓他排除一切紛擾，只專注在一件事情上就好。

可偏偏在渡劫飛升後，部族硬是在他頭上安了個「魔尊」的職責，這不只是他正在修煉的階層，更是一個職稱，等同於屠氏部族的現任族長，必須擔起一族的門面。

憑什麼資質最好的人就得幹這活？不該讓他更專注在修煉上嗎？其他人太過廢物難道是他的錯了？居然用一整個部族的瑣碎事務拖累他，讓他晉級的速度都慢下來了！

他的頓悟頻率，已經從一天一次退步到三天才一次了，荒唐！

偏偏，他養的那隻鬧心坐騎還動不動就鬧事，讓他一天到晚都在收拾對方捅出的簍子，比如亂吃東西腹痛、亂吃東西嘔吐，以及亂吃東西拉稀。

好氣。

一肚子氣的他回到自己的小院，看到努力種了一個多月的山茶花終於徹底死光，更氣到想殺點東西洩憤。

好、氣、啊！

「躲在那裡做什麼？滾出來！」

已經換上一身乾淨衣物的虞塵從柱子後面繞出，低著頭走向渾身纏滿煞氣的屠黎洹，小心翼翼地喊了聲：「尊上。」

屠黎洹冷哼一聲，踢開屋門後朝內走去，跟在他身後的虞塵看著裡面的擺設，想了半天也想不到除了「亂七八糟」以外的形容詞可用。

反正就很有個人特色。

虞塵不記得簡玲泠有在故事裡提過魔尊的生活習慣如何，但想來一個除了練功以外事事都不大懂的「修煉狂魔」，不擅長打理住處似乎是可以理解的事。

但難道沒有奴僕替他整理嗎？

大概是腦子裡的思緒過於奔騰，虞塵沒注意腳下的路障有點多，一不留神踢到一條看不出名堂的黑色長形物，然後狠狠摔了個狗吃屎。

已經坐在躺椅上的屠黎洹，冷冷看著虞塵「啪嘰」一聲摔在他面前，腦中浮現藺成稍早向他介紹這孩子時說的話，忍不住懷疑對方是在唬他。

就這麼個笨手笨腳的小鬼頭，留著真的能有用處？

見虞塵搖搖晃晃地爬起身，屠黎洹忽地釋放信引，那屬於強大乾元的氣息鋪天蓋地而來，壓得虞塵又一次趴倒在地，掙扎半晌都沒能再次起身。

「還真是個乾元……」屠黎洹瞇著眼低聲自語，眼前的小鬼頭雖然因為體質羸弱而無法抵抗他的信引，可生理本能卻讓他同樣釋放出自己的氣息來對抗威壓，試圖掙脫同類的壓制。

如果虞塵是個中庸或坤澤，此刻早就被屠黎洹的氣息徹底統馭，開始主動親近他、討好他，甚至央求得到更濃烈的信引。

留著他，彷彿像養一條永遠不可能真正聽話的狗。

這樣，有意義嗎？

「尊、尊上，您快收了神通吧！我這個小弱雞要死了！真的要死了昂！」

虞塵吵嚷的喊聲將屠黎洹飄遠的思緒拉回，後者緩緩收斂氣息，終於讓一臉狼狽的虞塵成功起身。

虞塵此刻心裡只有一個念頭，那就是魔尊的人設還真的是我行我素無誤，實在猜不準他下一步想做什麼。

反正別再讓他匍匐前進就是了，這屋子的地板上全是雜物，磕得他肚皮上的傷口又裂開了啊！

屠黎洹也聞到虞塵身上洩漏出來的血腥之氣，有些困惑地開口：「方才被來福抓傷了？」

「啊？沒有，這個是、是……」虞塵頓了頓，還是決定據實以告：「前幾天想偷溜逃走，結果不小心摔山溝裡了。」

但不等屠黎洹追問，虞塵就急忙續道：「但我現在不會逃走了，真的！我願意待在您身邊服侍您！就算不行，隨便找個差事給我做也好，我不挑的！」

「聽藺總管說，你很惜命？為了活著，你可以做任何事？」

屠黎洹看著點頭如搗蒜的虞塵，又涼涼地道：「但你還沒真正成為一名乾元，你還不明白，身體的衝動會讓你寧死不屈。在那種狀態下，你還能這麼惜命嗎？」

這話讓虞塵頓時沉默下來。

儘管在字裡行間能看到種種對於乾元的描述，知道這個屬性的人天生就是霸主，哪怕在多麼弱勢的處境下，都不可能臣服他人，只會拚命抵抗到成功反壓或是壯烈死去。

但虞塵必須承認，光用想像的，不可能真正理解這樣的「設定」有多殘酷，所以對屠黎洹提出的質疑，他確實答不上來。

他來自一個沒有ＡＢＯ設定的世界，更沒經歷過一名成熟乾元會有的生理與心理反應，根本不可能保證自己能永遠這麼卑微聽話。

但他依舊不願輕易認命。

「那也請讓我試試看，反正不過一、兩年的時間，我便會成為真正的乾元。」虞塵抬起頭，毫不避諱地直視屠黎洹那雙懾人的紅眸。「待到那時，我如果真的想反抗您，您隨手殺了我便是。」

「……其實現在的你，已經像一名成熟的乾元了。」屠黎洹忽地揚起一抹微笑，那張始終帶著肅殺的臉瞬間柔和起來，再度讓虞塵看痴了。

並非梗著脖子赴死才是所謂的「正常反應」，乾元也能低頭隱忍，只要他的精神依舊昂首屹立就行。

屠黎洹在虞塵的眼神裡看到一股不屈，正如他當時敢冒著斷臂之險將手伸入來福口中。面對危機與困境，他或許會恐懼，但絕對不會逃避，只會想辦法迎上。

在屠黎洹眼裡，這態度驕傲得不愧為一名乾元。

把一條不可能馴服的狗養在身邊，似乎……

還挺有意思的？

「兩年嗎？的確不長，我還不至於給不起這一點時間。」

屠黎洹彎下身，指尖挑起虞塵下巴，看著那雙炯炯有神的灰眸，焦躁不已的情緒逐漸被躍躍欲試的興奮之意給取代。

「我且看看，兩年後的你，值不值得我動手殺死。」

要是屠黎洹知道，虞塵此時腦子裡只想著「真想親一口這張漂亮的臉」，絕對等不了兩年，現在就會立刻把他剁成碎肉餵來福。

啊，不行，那頭大貓吃人肉會拉稀。

「說說看你能做什麼。」

屠黎洹又躺回椅子上，姿態看著懶洋洋的，可實際上卻已經在體內運行起血氣迴路，反正一邊說話一邊運氣也算不上什麼難事，他還能同時神識離體錘鍊呢，躺著就能修煉只是基礎操作而已。

虞塵摸了摸還在怦怦亂響的心口，讓裡頭那頭暴衝的小鹿稍微安分些，這才應道：「我能給您打雜呀！例如……給您收拾收拾這屋子？」

「我討厭別人亂弄我屋子，那會讓我會找不到我要的東西。」

「您放心，東西收哪我絕對記得牢牢的，要拿什麼都能馬上找出來！」

「……行吧，要是弄丟什麼，我就殺了你。還有呢？」

「我可以給您盯著來福，讓牠別亂吃東西！」

「可以，但凡牠以後又鬧肚子，我就殺了你。」

「哦，我還可以給您養養魚、種種花什麼的，妝點一下您的屋子！」

「養死我就殺了你。」

「我還可以給您刷牙洗臉穿衣、捶背洗腳、當起床鬧鈴、唱晚安歌曲，還有──」

「夠了，你是把我當廢人養嗎？信不信我現在就殺了你！」

「我只是感覺，像尊上您這麼尊貴的人，就得捧在手心上疼……咳咳、我是說，就得好生伺候著，讓您可以全心全意專注在修煉上，毋須被外務叨擾！」

一度起了殺心的某魔尊被這番說詞打動了，收回瀰漫身周的殺氣，淡淡說道：「就這句話中聽，要是那些該死的長老有你這悟性就好。」

屠黎洹就想不明白了，一天到晚拖著他去跟其他部族的首領開會是能做什麼？跟那些講半天屁話都做不出一個決定的人成堆坐著，簡直就是在考驗他基礎值為零的耐性。

有那閒工夫，不如多練兩趟噬血功或吞魂術什麼的。

虞塵小心翼翼地觀察著屠黎洹的表情與氣息，開始輕手輕腳地撿拾起周圍的雜物，同時不忘繼續說道：「能者多勞嘛！尊上您就是太優秀了，所以整個部族都十分仰仗您啊！」

屠黎洹瞥了一眼正在替他整理一地衣物的虞塵，忽地問：「你不怕我，是嗎？」

整個屠氏部族裡並非只有屠黎洹一名乾元，只是都弱於他，才勉強接受他的統治。

屠黎洹還得三不五時上門把其他乾元按著揍一頓，才能把他們本能累積起來的敵意與反抗之意暫時打壓下去。

但就算是這些時常需要他敲打的乾元，在面對他時，也會因為彼此信引的強弱差距，而對他產生無可避免的懼怕。

那是生物本能，提醒自己眼前的人過於強大，想戰勝對方不僅僅得付出巨大的代價，可能連命都會賠上，自然得怕。

至於中庸和坤澤就不提了，見到如他這般強勢的乾元，只有誠心跪服的分，因為他們的生物本能就是追隨強者、為強者奉獻。

然而，虞塵一個還未成年的乾元，卻總是敢直視屠黎洹的雙眼，哪怕嘴裡說出來的話聽著卑微，實際上卻對他毫無畏懼之意。

那種態度不像屠黎洹熟悉的「挑釁」，而是另一種他不明白也沒遇過的類型。

反正就是讓他有點煩，但又不是真的那麼討厭。

「我怕的，怎麼會不怕？尊上用一根小指都能把我碾碎！」虞塵口氣略顯浮誇地說著，末了又笑道：「但其實也沒那麼怕啦，畢竟您還願意給我個活命的機會，那肯定是挺好的人。」

當了魔修百來年，屠黎洹還是第一次聽到有人對他說出這種應該送給仙修的稱詞，不禁挑起眉尾，語帶不善地道：「藺總管還說，你這小子油嘴滑舌，我可算見識到了。你這些話都跟誰學的？我就沒見過哪個奴隸像你這般，溜鬚拍馬的話張口就來。」

虞塵身子一僵，反省自己肯定是得意忘形了，怎麼能把他身為奴隸的「人設」給崩了？

他總不能老實說，這是他長年跑客戶，對著那些貴婦們練出來的甜嘴吧？

「尊上如果不喜歡我這樣，那我少說些便是。但還是很難完全不提啊，因為尊上是那——麼優異的存在！我這可不是拍馬屁，實話實說而已！」

「……答非所問，果真是個滑頭。」

屠黎洹懶得再理虞塵，但對方卻主動開啟話題，探詢地道：「尊上……我能問您，什麼是爐鼎嗎？為什麼您非要爐鼎才能修煉呢？」

虞塵也知道自己這一步跨得挺大，但從方才藺成的說詞裡可以得知，這時期的屠黎洹還沒成為天天強上坤澤的「荒淫魔尊」，那不就表示這件事還有挽救的餘地？

起碼，他想搞清楚，這魔修的修煉是不是真的非爐鼎不可。

「你在擔心那個跟你一起來的坤澤？」

關於自己和歆遙熟識這一點，虞塵可不敢有半分推託，免得讓人感覺他刻意隱藏這件事別有居心，所以坦然應道：「對啊，我和歆遙一塊兒長大的，知道他性子懦怯得很，這不是怕他做不好爐鼎這聽著就很重要的工作，給您添麻煩嗎？」

屠黎洹翻了個身，一手支著頭，銀白的髮絲散落下來，又替他增添了一絲柔弱感，但只要站在他身邊，就能徹底省悟，這可不是個慵懶美人，而是正在小歇的猛獸。

優雅，卻致命。

「你已經知道乾元生來是為了爭奪與統馭，那你知道坤澤天生的使命嗎？」

「不、不是很清楚……」

「讓乾元侵略與征服，那就是他們的使命。」

屠黎洹的話語中不帶任何溫度，像是在敘述一件顯而易見的事實。

虞塵早就明白，故事裡都說得很清楚了：關於坤澤，仙修拿他們當頂級孕器、魔修拿他們當爐鼎，就連沒有修煉的凡人，也在爭奪他們的「所有權」。

幾乎大半坤澤的一生，都在懷孕與生育之間度過，被標記他們的乾元搾乾一切，然後結束這極有價值但沒有意義的人生。

但親耳聽見這個世界的人把事實說出口，還是讓虞塵感到相當難受。

因為這已經不是什麼單純的「故事設定」，而是他從今往後要面對的真實人生。

「你的小玩伴既然成為坤澤，就註定要為乾元奉獻一切，包含身體、人生。即便他不當我的爐鼎，也有別的義務等著他履行，例如給這個部族所有乾元都生一輪孩子，直到他生不動為止。」

虞塵的心一點一點沉下去，屠黎洹說的話，正是他先前不願意面對的現實——

就算他把荒淫的魔尊給掰正了又如何？

歆遙還是逃不過身為坤澤的悲慘命運。這個世界不是什麼歡樂甜蜜的愛情故事，而是一個充滿燒殺掠奪、你爭我搶的修仙故事。

在這裡，活著的代價很大。

虞塵這副模樣讓屠黎洹相當滿意，因為他沒聽見什麼可笑幼稚的反駁，或是大言不慚地告訴他世事無絕對，肯定有活得幸福快樂的坤澤。

或許真的有吧？反正不在魔修的地盤就是了。

屠黎洹本以為虞塵還要消沉好一陣子，卻見這名半大不小的少年只是揉揉臉，馬上又恢復方才那副精神抖擻的模樣。

「那我肯定會跟歆遙說，要好好當您的爐鼎，將這份工作做好做大，成為您修行路上的最佳助手！」

虞塵豎起拇指，朝屠黎洹露齒一笑，渾身散發著「交給我就沒問題了！」的氣勢。

此刻的他已經轉過念頭，不再去想著要和這個故事的世界觀硬槓，因為他有了新的方案——

讓屠黎洹和歆遙修成正果就好了呀！

乾元跟坤澤本來就是固定配對，故事又說他們兩人的信引匹配度極高，那不就是「官配」的意思嗎？

他幹麼非要讓歆遙當不成爐鼎？

他真正要辦到的，應該是讓魔尊從強暴犯變成霸氣深情寵妻攻，讓歆遙從被害人變成小鳥依人美人受，兩個人恩恩愛愛地雙修不就得了嗎？

看在故事設定魔尊是總攻的分上，那就不堅持什麼1VS1了，開後宮總行了唄？

到時歆遙是正宮，其他爐鼎做側室，大家可以沒羞沒臊地雙修、三修、四修，只要魔尊的腎撐得住，來一場性愛馬拉松都沒問題。

虞塵覺得自己簡直生活智慧王，而且這麼腎虧的劇情依舊很符合《魔尊荒淫錄》這個書名，讀起來說不定還更愉快了呢！

即將被安排配對的屠黎洹搞不懂虞塵怎麼突然變得鬥志昂揚，但修煉以外的事他其實也懶得多想，只是繼續方才的話題：「至於你說修煉是否非要爐鼎不可……你懂魔道的修煉之法嗎？」

「不懂。」

「那我解釋了也沒用。」屠黎洹頓了頓，又道：「況且，這也不是你需要知道的東西。」

虞塵是不可以修煉的，想活著就不行。

既然這輩子都與此道無緣，又何必知曉其中詳情？

「哦，那我不問了。謝謝尊上解惑！您真的很好吶，替我說得這麼詳細，又學到很多有用的知識了！」

屠黎洹開始覺得有點彆扭了，被誇的。

以往倒也不是沒人會誇他，畢竟他確實是名強大完美的乾元，又擁有優異到人神共憤的修煉資質，相貌更是絕頂之姿，似乎撿他一根頭髮，都能從上面找出優點來頌揚。

從前他聽了只覺得這些人是在陳述事實，不會對此產生多餘的感受。

偏偏就是虞塵這誇讚的態度，讓他覺得……

怪高興的？

「昂──吼！嘔嘔嘔……」

屋外傳來的一陣異響將屠黎洹的思緒拉回，轉眼就見虞塵慌慌張張地衝出屋門，衝著院落裡的來福大聲哭喊。

「來福大哥我求你了！你鬧肚子的話，我是要拿命賠的欸！我靠！別啊、吐出來的東西別再吃下去啊你這頭蠢貓！」

聽著院落裡雞飛狗跳的聲響，屠黎洹閉眼靜心，開始認真專注於今天的修煉進度。

在入定之前，他的嘴角微微勾起。

要找到順眼的寵物也不容易，希望這條新養的狗別活個兩年就死了。

「何大姊，早安，您今天看起來真漂亮！真的真的……春哥早啊！你看我釣這鱸魚肥不肥？要不要勻您一條？沒事兒，我這邊有一簍呢！夠給尊上煮臉盆那麼大一碗的魚湯了……啊，小嗣，你怎麼還杵這兒？六長老下午要出門，他的馬好像還沒刷吧？快去啊……」

肩上扛著魚竿、背上背著魚簍的少年熱情熟稔地對來往行人打招呼，而眾人也都一一回應，放眼望去一片其樂融融。

整個屠氏部族扣除奴隸，雖只有百來口人，可占地卻是一整個山頭，除了山腰以上是部族中重要人士的居所，山腰以下綿延著數量可觀的樓房與草棚，頗有山中自成一小國的風貌。

扎著高馬尾、衣著樸素的灰眸少年走在熟悉的山路上，樣貌還帶著點青澀和單薄，但已與兩年前那乾癟瘦弱的模樣判若兩人，五官標致、神態靈動，似乎可以想像再過幾年後的他，肯定會比現在更加俊秀不凡。

一開始，大家都對於這個跟在屠黎洹身邊的小乾元充滿好奇，主要是猜測他到底能活多久不被那個喜怒無常的魔尊殺死，卻在往後的日子裡漸漸喜歡上這名朝氣十足的少年。

因為他總是那樣的貼心又熱情，三、兩句話就能和陌生人拉近距離，然後再三、兩天就與人結交友誼，三、兩個月後他已經熟知每位「朋友」的性格與好惡，甚至說出對方鮮為人知的癖好也是小事一樁。

虞塵似乎從來不會生氣，且可以和任何人建立交情，處事圓滑又善於察言觀色，總能用最正確的方式迎合各種人的脾性。

於是乎，兩年了，連那個瘋起來毀天滅地的魔尊，虞塵也能伺候得很好；有時候連部族長老都會透過他來規勸魔尊，只因為他們的話入不了魔尊的耳，但虞塵的卻可以。

不過多數時候，虞塵最重要的功能還是——

「虞塵、虞塵！救命啊！尊上又去拆二長老屋門了！我們攔不住！」

虞塵才剛進內門，就看到平時和他一起隨伺在屠黎洹身邊的僕役們慌張求援，這畫面大概一週能上演五、六回，通常都是暴怒的魔尊又做了什麼大家勸不住的事，然後虞塵就要代表眾人安撫主子，免得整個部族被魔尊鬧得雞飛狗跳。

這乍聽是挺活潑歡樂的日常趣事，但要知道屠黎洹生起氣來就要見血的，拆屋門是拆了沒錯，可過程或許會死上幾個無辜捲入的路人，並搗毀某些重要設施，然後同樣生氣的長老們還無計可施。

這麼乖戾的魔尊，不是管不管得動的問題，他是那種很特別的……

特別到你越管，他就越鬧騰，然後就會死更多人、壞更多東西，沒完沒了。

「哈？二長老又幹麼了？他怎麼三天兩頭就要惹尊上生氣呢！」虞塵連忙把魚簍交給別人處理，匆匆往二長老的住處跑去。

對，這也是很神奇的一點，魔尊鬧事的時候，要首先檢討被他鬧的人。

「好像是給尊上答應了什麼差事吧？你也知道尊上很討厭這個……」

「那也不至於氣到打上門吶？」

「因為二長老把『吉祥』扣著，說讓尊上完成差事才還他！」

「嘶、這老頭活膩了不成？才兩千五百多歲就這麼想不開嗎！」

虞塵被二長老這一連串操作弄得窒息，沒想到對方居然會這麼找死，把屠黎洹最近新養的寵物當「鼠質」扣押，想逼他用幹差事當「贖金」來贖回那隻蒼幽鼠妖。

那可是屠黎洹好不容易讓人從妖區捉回來玩耍的新寵，昨天才在跟虞塵討論要搭多大的鼠籠子才夠那隻小鼠妖住，結果一回頭就讓人抓去當要脅工具，難怪屠黎洹會想去拆門。

想來拆屋門是比較委婉的說法，氣頭上的屠黎洹八成是打算去拆了對方骨頭才對。

一行人趕到二長老住處，還沒接近便聽見震耳欲聾的巨響，隱約可見屋外籠罩著一片暗紫色光幕，應和巨響節奏的波紋不斷閃現，每閃幾次，那光幕便又黯淡些許，像是隨時都會化散。

「屠欽光！我要殺了你！」

那令人寒毛直豎的怒吼嚇得僕役們臉色慘白，再加上濃烈到快讓人喘不過氣的乾元信引瀰漫四處，幾乎所有人都邁不開腿，一個接著一個跪趴在地，垂著頭瑟瑟發抖，無法動彈。

唯獨虞塵一人，頂著那令他感到沉重壓抑，卻又隱約激起躁動的信引氣息，一步步走到披頭散髮的屠黎洹身後，大著膽子喊：「尊上、尊上！別敲啦！二長老不在這兒啊！」

本來還在跟那個護陣拚拳頭的屠黎洹立刻停手，護陣裡外兩波人馬立刻鬆了一口氣。

大家都怕魔尊真的把這法陣徒手敲碎，炸出來的餘波可能會讓他們躺上小半年的病床，體質弱一點的說不定會有送命的風險。

「你知道那個老混蛋在哪？」屠黎洹一雙眸子腥紅如血，臉頰浮現數條魔紋，隨著呼吸起伏閃滅，將他那張絕美的臉蛋襯得更加妖嬈。

常態任務·每日一心動：1／1。

虞塵暗中安撫嗑藥過頭的心頭小鹿，表面聲色不動地應道：「不知道啊，尊上。但您想，二長老抓了吉祥後，怎麼可能在家裡等您上門算帳，還故意弄個雞肋的護陣給您捶？這不明擺著趁機拖延您，好躲得更遠嗎？」

屠黎洹瞇起眼，臉上的魔紋逐漸消退，張狂的信引也一點一點平息下去，但神情中依舊飽含怒火，嗓音微顫地低喃：「我要殺了他，絕對要殺了他……」

剛有意要起身的眾人又嚇得趴回去，雙腿抖得快出現殘影，尤其那些負責護衛長老院樓的可憐隨從，大氣也不敢喘一下，就怕找不到正主出氣的魔尊會拿他們這些下人解氣，把他們統統殺了。

這並非沒有前例，上回五長老惹了屠黎洹生氣，結果就是院樓沒了，一屋子的人還全被抽乾精血，給屠黎洹煉成血丹當糖豆吃。

這行為大概可以理解為，吃點甜的能讓心情好一些……

魔修們的糖豆口味就是這麼前衛。

「尊上您就別氣了，您要是不願意接二長老給的差事就別接，妖鼠可以再抓，抓多少隻都行，但這種要脅您做事的先例不可開！不然往後誰都給您來這一下，您都別想安生了！」

虞塵見屠黎洹收起會波及他這個凡人的魔氣，連忙上前給他捏肩膀，雖然因為個頭矮了一截而得踮著腳，讓他的姿勢略顯彆扭，但這種可以輕易觸碰魔尊尊體的行為，也就虞塵一人敢做。

屠黎洹的怒氣終於以肉眼可見的速度消弭下去，面帶猶疑地問：「那就不管這事兒了？」

「管啊，咋不管？您是魔尊，魔修之尊，怎能任人忤逆？但這管的方式得再想想，反正不能殺了了事。您又不是不曉得，長老就跟妖鼠一樣想找就有，您殺得完嗎？」

在旁邊聽這對主僕對談的眾人冷汗直流，實在佩服虞塵一個肉體凡胎居然講得出這種話，壓根不把這些動輒千百歲的修煉者放眼裡。

但這話卻是屠黎洹愛聽的，這種思路也對他味，頓時又氣消一截，但冷靜下來的腦袋隨即反應過來一件事，心底又升起一股焦躁。

「虞塵，你是不是把我當孩子哄？」

其實屠黎洹知道，自己除了修煉這檔子事能傲視蒼生外，在其他方面是有些……笨拙的。

只是，他一向都以絕對的武力來應付所有困難，只要把造成阻礙的人事物殺了，問題也會迎刃而解，所以不需要花時間去思考太複雜的問題。

殺人真的很方便又省事，問題解決不了，那都是殺得不夠多而已。

可自從有了虞塵在身邊後，對方總是會勸他凡事多想想，有更圓滑的對策時，就不要隨意動武，一個十來歲的凡人，處事手段竟比他這百來歲的修道者更成熟，讓人搞不清楚誰才是懵懂無知的孩子。

這讓屠黎洹偶爾會煩躁不已，卻又說不清自己為什麼會有這種情緒。他又不在乎別人對他有何看法，就是覺得他幼稚蠻橫又如何？反正都是一巴掌能拍死的弱者，弱者的看法無足輕重，不值得他多理會一秒。

虞塵也是弱者，可屠黎洹卻不喜歡對方有任何看低他的想法，一點都不可以。煩，又想殺點什麼解氣了。

「尊上您想多了，我這不是哄您，您也不是孩子。我只是在給您抱不平罷了，那些長老委實欺人太甚。」

虞塵乾脆從旁拖來一顆石頭，站上去。他身子搖搖晃晃，可雙手卻穩當得很，仔細替屠黎洹梳攏他散亂的銀髮，並將歪斜的頭箍擺正。

「完美！」虞塵自得其樂地拍著掌，替屠黎洹整理好髮型後才又說：「但您也毋須太過生氣，因為他們會做這種事，也是出於無奈。」

「……你這是在幫他們說情？」

「倒也不是，尊上您太優秀了，很難想像我們這種弱者在面對您時感覺多麼無力。正因為和您差距太大，才只能用些旁門左道與您對陣，而不敢直面您。您看，二長老多怕您？都扔下家跑路了呢！」

虞塵跳下石頭，略抬起頭望向屠黎洹那雙紅眸，揚起燦爛的笑容，說道：「跟弱者置氣，太浪費您寶貴的精力了，所以別氣啦！那什麼見鬼的差事，讓二長老自己頭疼去，妖鼠也算了，他愛要不要，我再給您找更好玩的寵物就是。」

屠黎洹默默看著虞塵的笑臉，半晌後才開口淡然地道：「算了。」

這兩字聽著令人玩味，也不曉得是在指二長老激怒他，還是在指虞塵根本就是換著花樣哄他的事。

「嘻，尊上果然大度。回去了，咱給您燉鱸魚湯喝！早上現釣的魚，肉可甜了！」

虞塵那嬉皮笑臉的模樣讓旁人心驚，實在不曉得他為什麼有勇氣這麼對待一個殺人不眨眼的魔頭？

可偏偏屠黎洹就這樣被勸回家了，生了那麼大的氣，卻一個人都沒死、一面牆也沒塌，平和得令眾人懷疑這是一場夢。

他們的魔尊，原來有這麼好哄？

放著那些還在懷疑人生的僕役與隨從護衛，虞塵領著屠黎洹回屋吃了頓鱸魚宴，又看著人開始入定修煉後，這才鬆了一口氣。

「我也好想殺了這些北七啊，天天騷操作一堆，怎麼不騷上天呢？吭？媽的，我殺不動，我就是個弱雞……」

趁空打掃起來福的貓屋，虞塵一邊刷地一邊心累地吐槽著，也就獨自一人的時候他才偶爾罵個幾句，順便說說他都快遺忘的「穿越者語言」。

他也不曉得自己在堅持什麼，但穿越至今也快兩年了，他依舊放不下原本的身分，心底總有個聲音告訴他，或許還有機會回去現實，這不過是一場長得嚇人的夢罷了。

似乎一旦他全盤接受自己此時的身分，這裡就不再只是他曾讀過的小說所構築的幻境，而是一個真實無比的世界。

他執意認定，自己不過是在扮演一個小說人物，而不是真實存在的人……

他還是想當「虞塵」，那個在現實世界裡，賣美美又貴貴的飾品給有錢的大姊姊、業績總是拿前三名的優質業務員；長得小帥但還沒交到合意的男友、正鼓起勇氣準備玩看看約砲軟體的男同志；雖然吐槽朋友寫的小說很腎虧，但上架時還是會支持一把的腐海成員……

他真的很想念那個「虞塵」，所以不能就這麼把他忘掉。

「最近是怎麼了？亂多愁善感一把的，都幾歲的人了還犯文青病？嘖嘖……」虞塵自嘲地笑了笑，收拾完來福的貓屋後，又換上一套乾淨的衣物，這才帶著一些伴手禮走出屠黎洹的住處。

正在帳房檢查帳簿的藺成很早就察覺虞塵的腳步聲，但直到人走到他面前，他也沒抬起頭，一副沉浸在資料中的模樣，等著對方將茶水點心準備好，這才微笑著放下帳簿。

「藺總管，這是我新炒的茶葉，您喝看看。還有這個橙果乾是我在山下跟人換的，怎麼做的我也學了哦！您要是喜歡的話，我以後就多給您做一些送過來。」

藺成笑咪咪地喝著茶、吃著果乾，還是不回話，讓虞塵終於垮了臉，無奈地嘆了一口氣。「藺總管，其實……」

「我知道，時間差不多了，最多不超過一個月。」

虞塵面色有些扭曲，不自在地摸起後頸，可以隱約摸到突起的腺體，那個儲藏著信引、在這個世界中決定每個人一生該怎麼走的可惡東西——

終於要徹底成熟了！

「怕死嗎？」藺成不鹹不淡地問著眼前的少年，並聽見了和兩年前一樣的回應。

「我不想死。」

虞塵不曉得當自己徹底成為一名乾元的那天，會不會一個「信引衝腦」就幹出什麼傻事，讓屠黎洹氣得順手就把他揚了。

更重要的是，這個故事也要迎來那個重要的時間點——

歷經雨露的坤澤歆遙，從此將成為魔尊最心愛的爐鼎。

第四章：拿錯劇本我容易嗎？

……歆遙第一次見到魔尊時，便知道自己註定成為對方的囊中物，只因身上的信引告訴他，眼前這名乾元與他是如此契合，光是嗅聞到對方的氣息，身體便不知羞恥地產生想為對方孕育後代的渴望……

……他畏懼、甚至憎恨屠黎洹，可身為坤澤的軀體卻只想得到對方的愛撫，被征服、被烙下無可抹滅的標記……

……哪怕兩人的信引深深吸引著彼此，歆遙卻未曾奢望屠黎洹能愛上他，因為他深知，魔尊要的從來就不是「屬於自己的坤澤」，他要的只是修煉的輔助、洩慾的工具罷了……

……歆遙，是魔尊的最愛——最愛的「爐鼎」……

這兩年的虞塵做了很多事，但只有在那個時間點到來的瞬間，他才能知道自己的努力，究竟是不是在做無用功。

正如他始終不願放棄「現實虞塵」的身分，將所在之處看做一本書、所見之人都視作小說角色，這做法讓他在博得一線生機後，開始認真思考自己究竟能對「劇情」造成多大的影響？

說要讓屠黎洹和歆遙湊對的事，固然有點開玩笑的成分在，但他也確實仔細思考過，要如何找到一個讓故事結局皆大歡喜的辦法。

或許身軀原主與歆遙這個童年玩伴的情誼，多多少少也有影響到他，讓他特別牽掛這名坤澤，但虞塵如此執著地想替對方謀求一個好下場，不純粹只是要安撫過意不去的良心。

如果能在一定程度上改變魔尊的性格，跟在對方身邊的他應該也能活得更加安全，不用怕自己哪天就被一個精神不正常的暴虐魔頭隨手殺掉。

在這個凶險的修仙世界裡，他從沒指望過自己會像其他穿越小說的男主角一樣氣運加身、在異世界中呼風喚雨什麼的，他甚至都不奢望能長命百歲，只求活得稍微安穩一些，然後有餘裕去找尋回到現代的方法。

雖然對這所謂的回歸法還沒有半點頭緒，但總是要把可以嘗試的路都走過，他才會考慮放棄這個選項，而非一開始就認為自己肯定回不去了，不如早早躺平接受一切。

但在認真觀察周遭人事物一段時間後，他也發現自己以為可以仰仗的小說劇情，似乎在他這個「角色」加入後出現了極大的偏差，以至於很多他從未料想過的發展一一出現，讓他越發難以揣測後續的故事走向。

其中令他最想不透的一點，就是《魔尊荒淫錄》裡的屠黎洹是真的荒淫，有千百種需要爐鼎上工的理由，所以每天不是在強上坤澤、就是在要去強上坤澤的路上。

可虞塵貼身服侍屠黎洹的這兩年，別說是爐鼎，連個床伴都沒見過！說好的腎虧屬性呢？怎麼變成守身如玉了？

在他看來，屠黎洹並非生性清純或禁慾，而是根本不想把時間浪費在肉體歡愛這種事情上，屬於年輕乾元的旺盛精力全被他用來修煉，就是個純粹的練功狂魔。

硬要說他喜歡發洩的，是他的怒氣而非慾火才對，所以發洩方式也不是在床上荼毒坤澤，而是捲起袖子揍人，或因揍過頭而當場變成殺人。

他本來預計要想辦法矯正一個強暴犯，現在卻必須改變策略去矯正一個連續殺人犯，徹底的拿錯劇本、走錯棚。

但其實不管是哪一種，都遠超虞塵的業務範圍，還喪失了可供參考的劇情底本，讓他只想用「累感不愛」來形容這苦命的生活。

毀滅吧，快一點。

他花了好幾個月的時間糾結為什麼魔尊不荒淫了，結果終於想起來，當時簡玲泠給他看的人物設定裡，魔尊那一欄的文字敘述中，壓根就沒出現過「荒淫」這個屬性……

大意了！

《魔尊荒淫錄》的故事起點，由屠黎洹和雨露期的歆遙打響「第一炮」，之後涉及到過去時間線的事物，其實大多都是在解釋故事設定、做人物背景描摹，根本沒提過屠黎洹在這第一炮之前是怎樣的人。

名偵探虞塵推推眼鏡，發現案情不單純，原來他有可能一直將注意力放在錯誤的對象身上——

歆遙才是讓魔尊性情大變的關鍵人物！

究竟這名坤澤有何特殊之處，會讓本來不把性慾當生活主軸的練功狂魔尊，一轉眼變成凡事都能拿「搞個爐鼎吧！」來解決的荒淫魔尊呢？

虞塵想半天也猜不到正解，誰讓他腦洞沒有簡玲泠來得大；但他也考慮過這或許跟腦洞大小無關，純粹是滿腦黃色廢料的作者本人根本沒花心思設定，所以出了bug。

他只能從藺成那裡得知，部族這幾年其實都有安排爐鼎要給屠黎洹用，但對方在感受到彼此的信引匹配度不算太高後寧可放棄，從沒想過要走以量取勝的路線，而是堅持寧缺勿濫。

……沒想到魔尊還是個挺有原則的小夥子。

也就是歆遙來了以後，屠黎洹認可了兩人的匹配度，才終於點頭答應讓他成為魔修爐鼎俱樂部的一員。

難道魔尊是在用過一次匹配度絕佳的頂級爐鼎後，體會到雙修有多麼快樂，才開始走上荒淫之路嗎？

虞塵也只能暫時這麼揣測，並從此開始他努力為這兩人鋪路、意圖使他們結婚收場的湊配對大業，直到今日……

「不說我的事了，藺總管。歆遙那邊如何？他都準備妥當了嗎？」

虞塵明顯是在逃避話題，不過藺成也沒抓著這點不放，順著他的問題應道：「身體自是準備好了，進入魔丹境後也沒什麼不良反應，一旦雨露到來，就能立刻送到尊上面前。」

魔修們對於爐鼎也是頗為講究的，並不是抓個坤澤來用就成，他們之所以要提早分化奴隸，就是需要這空出來的兩年時間讓坤澤修煉到「魔丹境」，有了魔修功法的初級階段，才能使其擁有被採補的價值。

而後還需要一段時間的調理，以某種虞塵這個非修煉者完全搞不懂的方式，讓坤澤可以進入雨露卻又不會受孕，才能方便魔修隨時隨地採補，又不用擔心坤澤一旦懷上孩子就直接「歇業」十個月。

這是一種很符合效益，但同時也很可怕殘忍的運作模式，可在這個修仙世界裡，卻是一件再平常不過的事。

藺成悠哉地抿了一口茶，續道：「尊上其實可以直接用信引觸發雨露，犯不著多等這幾個月，也不曉得你小子到底在尊上耳邊吹了多少風，讓他願意耐著性子等到現在。」

虞塵搔搔臉頰，口氣稀鬆平常地應道：「尊上沒你們想的那樣急躁，我也只是告訴他，既然自發的雨露有更好的效果，那多等幾個月也值得，沒必要強迫歆遙提前面對……」

「我怎麼聽人說，你每天都跪在尊上腳邊賣慘，求他多憐惜一下你的小玩伴，別讓人受苦受累？」

「咳咳、我那是一邊給尊上洗腳一邊陪他聊天而已！什麼跪著賣慘？那麼卑微的事，我一個乾元幹得出來嗎？我想也幹不成啊，我的身子不允許啊！」

虞塵理直氣壯地辯駁，說的倒也不算錯，畢竟他的確是一名本該高高在上的乾元，哪怕他尚不算成熟、更沒有踏入修煉之道，可這是他天生的屬性，終究會讓他有股無法低頭服軟的本能存在，做不出下跪求饒的事來。

但藺成卻意味深長地看著虞塵，半晌後才開口：「我是個中庸，不懂乾元或坤澤被自己信引束縛的痛苦，你說是便是吧。我只多問一句，這樣值得嗎？」

不管虞塵是否真的忍著與本能抵抗的痛苦，在屠黎洹面前低聲下氣地為歆遙求情，藺成就是想知道，虞塵這看起來多此一舉的安排，到底圖什麼？

拿玩伴情誼來解釋是不通的，但藺成也看不出虞塵對歆遙有超過友誼的情感，兩人甚至因為越來越接近成熟期，而顯得比以往更加疏遠。

哪怕屠黎洹並未特別禁止虞塵接近歆遙，虞塵也不敢去犯這個忌諱，表現得相當有分寸。

讓魔尊善待一個爐鼎，他虞塵到底能得到什麼好處？

聽到藺成的話，虞塵只是笑了笑，自言自語似地道：「畢竟我是個ＨＥ黨嘛，我就喜歡看開開心心沒有虐點的歡樂無腦甜文……」

——還有，如果他真的能成功改變這兩個「角色」的關係，那他還能改變多少東西？劇情？設定？世界觀？

這如果是個可以被操控的世界，那就不是世界，而只是一本「書」罷了。

「你說甚？」

「沒事……看您日理萬機，我就不打擾您了！歆遙那邊再勞煩您多打點打點，讓他表現好一些，屆時尊上滿意了、高興了，我們也能快活點，是吧？」

「這還用你小子說呢？不如，你來當總管？」

「不敢當、不敢當嘿嘿嘿……」

藺成無奈地揮著手將虞塵打發出去，看著對方遠去的背影，忍不住搖頭嘆道：

「這到底是哪個凡界撈上來的怪傢伙？簡直和這世界格格不入吶……」

◆

被廂房圍繞的中庭裡，一抹倩影靜靜坐在石椅上，宛若一尊精雕細琢的絕美塑像。

他的五官俊美但不陰柔，巴掌大的瓜子臉上毫無瑕疵，僅左眼角下綴著一顆精巧的淚痣，襯得他那一雙紫眸既靈動又楚楚可憐，惹人疼愛。

他一頭烏黑亮麗的長髮隨意地束成馬尾、垂在肩側，白皙的頸子上戴著淺藍色的項圈，更顯他頸部與鎖骨的優雅線條，同時也多了一絲引人遐思的風情。

十六歲的歆遙尚未徹底脫去稚氣，但已美得不可方物，即便是靜靜坐在那裡，都能吸引住來往路人的目光，只覺得看著他的時候，眨個眼都是一種浪費，視線黏上後就捨不得移開。

但終究沒敢貪戀他的身影，因為所有人都知道，那是被屠黎洹欽定的爐鼎，待到他雨露到來之時，便會徹底屬於那名魔修之尊。

誰敢覬覦魔尊之物？光是有一點不恰當念頭，就可能賠上小命。

歆遙倒是已經相當習慣他人的注目，只是繼續垂首靜坐，彷彿這個世界發生什麼事，都與他毫無關係。

「歆遙，又坐在這兒等他？」

來者的喊聲終於讓歆遙抬起頭，禮貌地露出一抹沒有溫度的微笑。

「子臨哥，尚不到日課的時辰吧？這就來催促我了？」

朝歆遙走來的是一名綠眸的俊爽青年，有著長時間在戶外勞動晒出來的麥色肌膚與健碩身形，他略顯恭敬地在歆搖面前躬身，待對方出聲才拘謹地抬頭直視那雙紫眸。

「我不是來催促你的，你想在這邊等多久都行，前提是他會來。你分明知道自己是在浪費時間，何苦呢？」

名為子臨的青年搖搖頭，苦口婆心地勸道：「此地是坤澤們的住所，就連我們這些中庸出入此地都得小心翼翼，更何況他一名乾元？你讓他來這裡見你，不是找死嗎？」

「他來這兒見我又能做什麼？還能上了我不成？我就想和他說句話，有這麼難？」

歆遙清冷俊美的臉龐覆上一層怒色，凝眉罵道：「我臉上是寫著放浪還是淫蕩？乾元見了我就得起色心是不是？難道說句話的工夫，我就能失身於他嗎！坤澤在你們眼中到底是個人，還是條天天發情的母狗啊！」

此刻，歆遙給人的感覺就是：多好一美人，可惜會說話。

子臨被吼得一臉尷尬，心裡默默想，為什麼兩年的時間，讓一個唯唯諾諾但十分可愛的小坤澤，變得這麼美豔又這麼潑辣尖酸？是他們這些負責照料他的中庸哪兒做岔，把他給「養壞了」？

不能啊，這可是尊上欽定的爐鼎，大夥兒簡直把他當寶貝養著，哪敢出半分差池？

問題肯定不是出在照護者身上，嗯。

「你想和虞塵說什麼，我替你傳話便是。要是不便開口的內容，你也能寫信，我幫你轉交。」子臨一副沒脾氣的樣子，低眉順眼地勸道：「大家在這裡生活都不容易，何苦做那種相互為難的事？」

歆遙沒有回應，而是直接抓起一旁石桌上的茶盞，氣急敗壞地摔碎在地上。

「我要、見、虞塵！」

整個院落都能聽到他近乎歇斯底里的尖叫。

「子臨，莫要搭理他。你知道雨露臨近的坤澤容易躁動，跟他講道理也沒用，他根本沒在聽。」

子臨還想再勸，身後卻傳來熟悉的嗓音，他連忙轉身，並朝來者恭順地低下頭，低聲道：「藺總管，我這就帶歆遙回屋歇息……」

「不了，我有話跟他說。」藺成揚起的右手隨意點了點，所有人便識相地魚貫退離，中庭很快便剩他與歆遙兩人。

他看了一眼地上的碎片，長嘆一聲後才在石桌另一端的椅子落座，語重心長地道：「你覺得這點小把戲，以前沒別的坤澤用過？你以為只要眾人對你忍無可忍，你就能解脫？」

本來一臉怒容的歆遙瞬間斂起情緒，面無表情地看向藺成。

「我就試試，不行嗎？」

絕美的少年側身靠在桌沿，抬手支著頭，青絲隨風舞動，美得猶如畫中仙人，只是這仙人的眼中一片陰鷙狠戾。

「我還有很多招式，總能試出一個有效的。」

藺成看著眼前這名不安生的坤澤，再想到那名活得不像乾元的少年，就感覺自己瞬間又老了十幾歲。

他就是個一生卡在原魔境、無緣飛升的弱小中庸，活個九百歲就是極限了，有需要這樣折他壽嗎？

毀滅吧，快一點。

「多餘的話我就不說了，只提醒你一句：別太看得起自己。」

歆遙瞇起眼，神色陰沉地看向藺成。

藺成皮笑肉不笑地抖抖嘴角，抬眼看了院落一圈，彷彿在回憶什麼，隨後才緩緩開口：「你們坤澤，當然不是天天發情的母狗，而是……『消耗品』。」

他看著歆遙一點一點猙獰起來的表情，平淡地續道：「壞了就換新的『消耗品』，別太看得起自己，你沒那麼重要。」

「那就別用我，把我殺了。」歆遙冷笑一聲，紫眸中滿是嘲弄。

「我也想，但有人替你續了這條命，你還是好好珍惜吧。」

他不等歆遙回應，便起身離座，漫步走出中庭，只留給對方一個令他咬牙切齒的背影。

茶盞碎裂的聲音再度響起。

「我要見虞塵，我得見他……」歆遙喃喃自語著，嘴角揚起一抹詭笑。

「然後……叫他去死吧。」

◆

「哈、哈啾——我靠！」

正在給一盆山茶花修剪枝葉的虞塵打了個超大噴嚏，差點失手把紅花給削下來，當場嚇出一身冷汗。

媽耶，屠黎洹這盆花種了三次才成功開了一回，而且就這麼孤零零的一朵小花苞，這一剪子要是成功下去，他就得打出一個華麗的GG了！

「呼……大難不死，必有後福！」虞塵給自己拍肩加油，又狠狠揉了一通險些暗殺自己的鼻子，這才繼續小心翼翼地整理那盆尊貴的盆栽。

他沒發現，自己這些奇奇怪怪的小動作全落在屠黎洹眼裡，在他自己給自己拍肩時，對方甚至勾起嘴角笑了一下。

屠黎洹必須說，虞塵是他養過最有意思的「狗」。

不曉得自己正被身後打坐放鬆的主人注目著，虞塵繼續蹲在地上專心照料那盆花，剪枝、施肥、澆水等等一樣不漏，專業得像個小園丁。

沒辦法，誰讓他有個總愛養點什麼打發時間的主人，偏偏這主人還有一雙「死亡之手」，他不每天跟在後面全力搶救的話，這死亡率估計還能翻一倍。

虞塵就不明白了，怎麼一樣的步驟做下去，屠黎洹經手的寵物或植栽卻會喪失活著的勇氣呢？

難道是平常殺戮太多，真的身染煞氣，碰啥死啥？

糟糕，那天天給屠黎洹按摩捶背、刷牙洗臉更衣的他，豈不是命不久矣？

這簡直太修仙了！

「虞塵、虞塵！」

熟悉的嗓音將胡思亂想的虞塵拉回現實，蹲在院中的他正巧對著屋樓大門，一抬頭就看見子臨站在外頭朝他揮手。

「哦，子臨哥啊！進來呀！」

正在和肥的虞塵有點懶得移動，乾脆直接把人喊進屋裡，而外頭的子臨也未做他想，很自然地就走進屋門，然後驚覺一旁在樹蔭下的屠黎洹正抬眼望向他，立刻嚇得低頭躬身。

「尊、尊上！」

「嗯。」

屠黎洹懶洋洋地應了聲後就瞇起眼繼續打坐，對這名看著似乎挺面熟的中庸沒有太大興趣，也懶得多做吩咐，任由虞塵自行處理。

部族裡的手下眾多，他只記得藺成一個總管，其餘人都只是面容熟悉程度的差異，更別提記得對方的名字和職務。

虞塵不歸在手下的行列，他是寵物。

此刻的子臨真是欲哭無淚，搞不明白這對主僕的相處方式，為何這麼奇葩？

虞塵一個僕役，怎麼應門應得像他才是屋主一樣啊！

然後魔尊還毫無反應，就這樣看著！

合理嗎？啊？

「杵那兒幹麼呢？你剛剛喊我做什麼？」虞塵脫下沾滿腥土的手套，又在衣服上拍了拍，這才迎向站在門口瑟瑟發抖的子臨。

子臨緊張兮兮地看著不遠處的屠黎洹，在虞塵的催促下抖著手掏出一封信，戰戰兢兢地道：「那、那個……歆遙給你的信。」

「啊？給我寫信？寫啥呢……」虞塵一頭霧水地接過信函，當著眾人的面撕開信封，把裡面摺疊的紙張抽出來閱讀。

子臨恍然看著這一幕，打坐的魔尊依舊沉靜，彷彿對周遭事物毫無知覺；虞塵大剌剌地讀著信，下意識地抹了抹鼻子，在臉上撇出幾道土痕。

然後他就聽見虞塵大聲說道：「尊上，歆遙約我見面吶！」

「哦，去啊。」

哈？這麼隨便的嗎？

子臨此刻相當懷疑人生，總覺得自己踏入這院樓後，好像進到不同世界，思緒完全跟不上這裡發生的事情。

虞塵臉上擠出一個彆扭的表情，對子臨甩甩信紙，問：「他怎麼突然想寫信給我，還要我赴約？」

他們兩人在離開奴隸小屋後，確實就分開生活了，一個隨伺在魔尊身邊、一個送去專門「看管」坤澤的院樓，不過並沒有完全斷了聯繫，虞塵偶爾會去坤澤們的住處見見歆遙，和他分享一些生活瑣事，還有和魔尊相關的事情。

畢竟，他想確保歆遙在成為爐鼎這件事上，不會抱太大的負面情緒，以免到時候還是得面對屠黎洹強上他的局面。

虞塵就差沒點上一顆媒人痣了，在歆遙面前把屠黎洹誇上天，彷彿他要面對的不是準備採補他的魔修，而是個說媒說來的優秀伴侶。

這其中確實有自欺欺人的成分在，但虞塵感覺自己在這樣的世界觀之下已經做到極限了，他要是還想打著什麼「自由戀愛至上、坤澤也有人權」云云的口號，那肯定會被當成瘋子吊死在村口的柱子上。

不過，隨著兩人都接近成熟期，虞塵也不敢再隨意靠近坤澤的住所，他沒把握自己能控制好信引，能在一名誘人的坤澤雨露到來時，抵抗住衝上去標記對方的衝動。

他一個肉體凡胎絕對打不過至少魔丹境的坤澤，所以坤澤們不用擔心自己的貞潔，問題在虞塵要是有類似的舉動，那就是在給自己提領兩年前封存起來的下戲便當。

他希望那個便當可以存久一點，最好存到他離開這個世界時。

那封來自歆遙的信裡並沒有太多內容，只是對虞塵簡單言說許久未見的思念之意，希望能面對面好好一敘，用字遣詞都很客氣，客氣到反而看不出什麼真實情緒。

子臨還有些沒反應過來，頓了半晌才支支吾吾地說道：「你也曉得，和你們倆同一批的孩子，就他一個坤澤，生活的地方碰不上熟悉的人，所以想找你敘個舊……他其實唸叨這事很久了，見你已經好幾個月沒去找他，才主動邀約。」

「就這樣？特地寫信請你轉交，然後找我過去聊天喝茶？」虞塵總覺得這件事還有其他隱情，且歆遙邀約的時間點也太過敏感，讓他不免起了疑心。

藺成可是和他說過了，歆遙的雨露大概就這幾天的事，他們已經做好萬全的準備，隨時可以把這爐鼎送到屠黎洹面前接受他的「臨幸」。

這時候找他一個乾元見面是要幹麼？還是個剛成熟、八成不太會克制自己的青澀乾元，這不是在挖坑給他跳麼？別說碰了歆遙，但凡虞塵在見面期間出現什麼不恰當的「反應」，他就準備給自己買一口舒服的棺材了。

當然，到時如果他連身體組件都拼不齊，那可能得考慮改買骨灰罈……

「這不合適啊……」虞塵困擾地說道，隨後雙眼一亮，在心中給自己的機智打上滿分。

他轉頭對屠黎洹提議：「尊上，我能約他在您屋子敘舊不？」

我，虞塵，此間最惜命的小乾元，眼前這坑，不跳！

第五章：哦，多麼痛的領～悟～

……貴為魔修之尊，所有人都是為了滿足屠黎洹所需而活，極品的坤澤對他而言亦是唾手可得，歆遙也不過是他認定比較合意的一個罷了，但進入雨露的坤澤能讓任何乾元瘋狂，屠黎洹也無法倖免。在嗅聞到歆遙的信引變得比以往都更加甜美時，屠黎洹便曉得這名獨屬於他的坤澤已到了最佳的品味期……

……身為乾元的生理衝動，讓他想狠狠肏幹這名對著他發情的坤澤，而體內受修煉功法引動的血脈也渴求著鮮活的精元，上述種種無一不催促著他榨乾歆遙的一切，好填補他彷彿無底洞的慾望與飢渴……

……歆遙是他的最愛，最愛的玩物、禁臠、爐鼎……

魔修的修行功法相較其他修煉者來說，可謂是五花八門，因為他們基本上就是走「高風險、高收益」的路線，只要是可以迅速提升境界的法門，他們來者不拒。

但如果要論及正統性，那麼最初為魔修定下修煉之途基礎框架的《魔神造化功》定然是經典中的經典，也是屠氏部族近千年來的立足根本。

其實很多部落也擁有此功法，但大多都是內容尚有缺漏的殘篇，只有屠氏部族掌握著最完整的初始修煉版本，故而屠氏的族長也被默認是魔修之尊，不僅是強大的修煉者，更有著統領的意味。

而在魔修的部族中，最興採補爐鼎一道的也是屠氏，部分不明所以的人會認定是修魔道者多荒淫殘忍，甚至有一些屠氏內部的低階成員也是這樣看待族內修煉者的，唯獨有權修習《魔神造化功》後續功法者才知道，爐鼎是必要之物。

某個關鍵境界後，想要提升就必須採補他人精元，否則很可能就此遇上瓶頸，甚至走火入魔。

屠黎洹其實早在十年多前就進入這個階段，但他始終沒有輕易開啟靠採補爐鼎突破境界的路線，原因無他：麻煩。

魔修的修煉核心重點是「強掠」，掠奪大量各式各樣的資源後，強行化為己身積累，達到迅速擁有強大力量的目的；就單說那修煉境界，魔修就硬生生少修了仙修三級，速成效果驚人。

但也正因為大量掠奪外物來沖擊修為，魔修體內的能量相當駁雜，要是耽溺於迅速變強的快感中而忽略了後續的調整，很可能前一刻還武功蓋世、下一刻就暴斃身亡，用一句「樂極生悲」就可概括形容。

屠黎洹不想輕易使用爐鼎，正因採補他人精元後，體內能量雜亂的狀況會特別嚴重，且這種依靠吸取精元來晉階的方法極度容易上癮，一不小心就可能從此被「吊」在這一途上，再也接受不了其他提升方式，非採補爐鼎不可。

不過，任憑他是個修道奇才，在選擇修習《魔神造化功》這條路後，也找不出可以修改此一缺陷的方式。

他要麼隨前人的腳步乖乖使用爐鼎度過瓶頸、要麼修為全廢後擇他路重修，沒有第三條路可選。

當然也有自創一條新路線的方式，但這明顯是「高風險、收益未知」的選項，屠黎洹想做也做不成，屠氏再怎麼慣著他，都不可能任他拿自己的性命胡鬧。

所以，他退而求其次，只接受和他信引匹配度夠高的爐鼎，這樣一來，採補之後的效果不僅極好，更因兩者性質相合，讓他事後無須再耗費更多精力梳理吸納過來的精元，可謂是最符合效益的應對方式。

別的魔修就沒他那麼講究，畢竟高匹配度這種事可遇不可求，他們寧可多用幾個效率差一些的爐鼎來彌補進度，也懶得花時間等待最合適者出現。

其實虞壐並沒有說錯，屠黎洹在修煉一事上，是比多數人都要有耐性的，並不會急躁地為了盡快提升，而打破自己的原則。

要說虞麈真正對屠黎洹造成影響的，大概是讓他注意到竭澤而漁的壞處，從而認同對方勸他要善待爐鼎的做法。

如果他輕易就搾乾歆遙的價值，也不知道得等多久才能找到下一個符合他標準的爐鼎，倒不如適度利用好當下這個難得的極品，以細水長流的方式度過這一階段的瓶頸，也不會給自己日後的修行埋下什麼後患。

一個根本沒修煉過的肉體凡胎，能給修道奇才提出有用的建議，這倒是讓屠黎洹對虞麈刮目相看，對於他總是在自己面前給歆遙「刷好感」的行為，也就睜一隻眼閉一隻眼，不去計較太多。

這其實也是性格使然，正因為屠黎洹沒什麼城府，所以他不會對虞麈的行為有過多揣測，只當對方是給昔日玩伴求個後路，讓他別像其他爐鼎那樣，兩、三年內就被徹底搾乾、失去價值。

那些坤澤，或成為沒有神智的「傀儡」，或試著在臨死前給乾元生幾個後代，然後如報廢品般被銷毀，結束他們短暫而悲慘的一生。

要是換其他乾元，早就認定虞麈舉止可疑、別有居心，直接把他跟歆遙都處理掉了，免得夜長夢多。

屠黎洹甚至從藺成那裡聽聞，有人在背後說虞麈只是貪戀歆遙這名坤澤，又深知自己根本無法染指，乾脆就在主人耳邊吹風，看自己有沒有機會能「撿漏」，待主人用完這名爐鼎後隨手賞給他。

屠黎洹懶得去問虞塵到底是什麼想法，不過他確實有考慮過，如果事實正如流言所說，那他等用不上歆遙之後，把人送給虞塵也算不上什麼大事。

那大概是一種，自己買了個新奇玩具，玩膩了就扔給家裡狗子嗑牙的感覺？

所以屠黎洹也沒特別要求虞塵在歆遙的事情上有所避諱，因為在他眼裡，這兩人就是狗子跟玩具，都是他的所有物，其中哪有那麼多彎彎繞繞可說？

而且，要說這兩年的主僕生活中讓他看出什麼，那肯定就是虞塵的「機靈」。一個凡事都做得妥貼穩當的人，怎麼可能在這種問題上犯錯？尤其這問題還攸關性命。

但此時虞塵這個提議讓屠黎洹也聽懵了，算是再度見識到虞塵到底有多「怕死」，愣愣地看著他好半晌都沒想到該怎麼回答比較好。

「尊上？」

屠黎洹回過神，懶洋洋地應道：「隨便你。」

這問題想著就麻煩得要死，還是修煉比較有意思。

「那就這麼定了哈！」

虞塵握拳擊掌，衝著一臉木然的子臨說道：「回信我懶得寫了，子臨哥你直接和歆遙說，想見面就來尊上的屋子，我會給他備好茶點的，他人來就行了啊！」

虞塵說著，也不等子臨回應，環顧四周，已經開始計畫：「反正他以後也會常常來這兒，我順便給他介紹介紹環境什麼的……哎，東牆那兒的雜草啥時長這麼高了？看著好亂，得清一清……來福你過來！幾天沒刷牙了？嘴這麼臭嚇著客人咋辦？快給我過來！」

「嗷昂昂！」

「昂什麼昂！刷牙！爪子也要剪一剪，都分岔了！」

子臨看著拿了大刷子去追大貓的虞塵，又緊張地看向屠黎洹，視線在兩者間來來回回，讓屠黎洹終於忍不住皺眉開口——

「按他說的做……你可以滾了。」

「是、是！尊上！」

待子臨近乎落荒而逃地跑遠後，剛闔眼的屠黎洹又從調息的狀態下脫離，因為他突然感覺一陣煩躁與不安，直覺似乎在警示著他什麼，只是他還未查明這樣的感覺從何而來。

在修煉至一定階段後，不少人都會有這種心生感應的經歷，能在遇上危難之前捕捉到模模糊糊的「預兆」。

屠黎洹沒把這樣的預感當作錯覺，但又覺得這感覺並不強烈，似乎只是隱隱讓自己不快罷了，遠不到需要警戒自身安危的程度。

他抬眼看向不遠處在與來福扭打的虞塵，良久後卻是笑了笑，又閉目靜坐，不再去想那個突如其來的感應。

「兩年也是挺快的……」

◆

「這麼大陣仗？你這是找我聊天，還是乾脆要搬來這兒住啊？」

虞塵看著眼前的歆遙和他身後綴著的一串人，難得手足無措了一下。

這麼多人，得泡幾斤茶才夠分？

不對，他的茶壺也不夠大啊！

「呵，誰讓你約在這裡見面？要抱怨，就跟藺總管說道去。」歆遙展顏一笑，就感覺他身周似乎都因為這抹笑意而明亮不少，當真靠一張美顏就能給世界增添幾分豔麗。

饒是虞塵早在心底將歆遙看作「小弟」，絕沒有半點非分之想，也被這魅力值點滿的笑容打擊得愣神幾秒才恢復正常，然後還以燦笑。

嘿，還是我家尊上比較漂亮，尊上一笑我都能愣個半分鐘呢！

「藺總管，我今天只請歆遙喝茶哈！你們這些人自己看著辦，反正我掏不出那麼多杯子！茶點也沒有，自己去外面摘果子吃吧！」

跟在歆遙身後的藺成無奈地搖搖頭，沒好氣地道：「真不知道你這腦子怎麼長的，還能把人約到尊上的屋子來！我們能放他一個坤澤自己來這兒？還不是得跟過來打點！」

言罷，他又湊過來低聲問：「這會不會叨擾到尊上修煉？我知道尊上平素不愛讓人出入他的屋子，嫌大夥兒太吵……」

藺成雖然是整個部族的大總管，也不得不承認，在應對魔尊脾性這件事情上，暫時沒人能做得比虞塵好，自是放下身段虛心請教。

「您多慮了，尊上修煉的時候根本不管外物，雷打不動的專注。我保證，你們就是在這兒舞龍舞獅他都沒感覺。」

虞塵看著那群緊張兮兮的侍衛與僕役，嘆了口氣後攤手續道：「尊上不喜歡有人來這兒，是因為大家總是喘口氣都要得到他允許，他應付得很煩啊！」

就好比此刻，眾人明知屠黎洹正在地下好幾尺的靈脈室吸納天地靈氣，根本看不到他們，但依舊提心吊膽，生怕自己犯什麼錯誤就會橫死當場。

——萬一我呼吸太大聲，頂撞到尊上怎麼辦？會死的！

大多數人都是這樣的心聲。

「你家尊上不嫌吵鬧，但我會。」歆遙還是掛著微笑，但那抹笑裡當真一絲溫度也沒有，朝那些隨他而來的人道：「滾遠點，煩死了。」

在一旁看著這一幕的虞塵搔搔臉，總覺得哪裡不太對勁。

《魔尊荒淫錄》雖然是兩年前看的書了，但因為日日反覆思索內容，導致他依舊記憶猶新。

撇除那些他都快記爛的榻上運動，歆遙在書中給他的印象是嬌弱又淒苦的，總是在魔尊的強逼下被迫進入雨露，一陣被情慾支配而浪蕩無比的表現後，再因此感到痛苦與絕望，最後就在這種反覆發情、恢復理智後崩潰、再發情、再崩潰的無限循環中徹底「壞掉」。

此時他眼前的歆遙，乍看之下確實是有那麼點我見猶憐的氣質，可是一開口就陰陽怪氣，要不就尖酸刻薄，完全沒辦法像書裡的角色那樣，給人既想憐惜他、又想蹂躪他的矛盾心理。

現在這版本，大概只剩下想在床上把他蹂躪到死的情緒。

虞塵搖搖頭甩開那些亂七八糟的想法，也不得不附和著歆遙道：「你們這樣圍著我跟歆遙是在看猴呢？真不放心我，留一、兩個人跟著就行。」

「確實用不上這麼多人，我跟著就好，其他人都先到樓外等著吧。」藺成無奈地吩咐，腹誹他一個天天忙得沒空睡覺的總管事，居然得來這裡當兩名少年的保母，是當他要幹的事還不夠多？

長老們什麼時候才能同意他的加薪申請？

乾脆讓虞塵替他在尊上面前美言幾句算了，搞不好比和長老們扯皮來得有用。

「嗤，可笑，一群人還怕個隨手就能拍死的凡人。」歆遙嘲諷道，那態度壓根沒把虞塵放在眼裡。

怎麼會是怕我咧？是怕你鬧事吧？虞塵暗暗吐槽，面上卻是毫不在乎的樣子，領著歆遙就朝屋裡走去，熱情地介紹起內部。

「你第一次來呀，我給你說說這兒的配置，不複雜，很好記的！」

虞塵指著進入前院後能看到的三棟屋樓，一一說明：「中間這棟，尊上住的；右邊這棟，寵物住的；左邊這棟，修煉用的。就這樣，沒啥禁忌，隨意進出無所謂。」

「不過，尊上的房間還是少去，因為他總懷疑每個進去的人都會亂碰，然後害他找不到要的東西……其實我都給他收拾得挺好，但他還是老感覺有東西丟了……」

歆遙也沒料到魔尊的住所其實這麼樸實無華，隨後又想到一件事，面色古怪地問：「你住哪？」

「啊？我？當然跟尊上一起啊！」虞塵哈哈一笑，樂道：「難道你以為我跟寵物們住嗎？好像也不是不行哈哈哈……」

其實有不少人在背後碎嘴虞塵就像屠黎洹養的狗，應該直接改名叫「招財」或

「進寶」之類的，正好能跟來福一起當魔尊鎮宅用的阿貓與阿狗。

「乾元……還能這樣生活在一起的嗎？」歆遙感覺童年玩伴的狀況嚴重違背他對世界的認知，都顧不上跟人擺譜，頂著一腦門子的問號向藺成求教。

結果藺成也搖搖頭，感慨地道：「別問我，我活到這歲數，也沒見過倆乾元能湊這麼近還相安無事。我一天到晚懷疑虞壓這小子是個假乾元，要不就是哪兒長殘了才變這副德行……」

「藺總管，您這話太傷人了啊！我哪裡殘？這麼標致的一張臉、這麼健康的一副身軀，天天精神頭兒啵棒，赤手空拳能跟來福打個五五開，超優秀的好嗎！」虞壓振振有辭地推銷著自己，還不忘補充：「連尊上都誇過我身強體壯，不信我說的，總得信尊上說的！」

「那，難不成是你家尊上有問題？」

藺成差點沒衝上去捂住歆遙那張該死的嘴，但又不得不承認自己其實也有過類似的懷疑，只能慶幸這話沒讓那位喜怒無常的魔尊聽到，不然這裡得立刻多出三口棺材。

乾元生來就有統馭他人和劃分領地的習性，所以兩個個體相遇時，肯定會本能地對彼此產生敵意，進而爆發衝突。

當然，人終究不是畜生，一般乾元都能克制好自己的行為，避免成為被信引支配的野獸，所以也不會倆乾元一見面就非得爭個你死我活，還是有和平相處的機會。

但即便是偏好「團抱」的仙修們，也不會讓兩名乾元的領地重合，而是會劃分出適度的生活距離，以免他們因為長期接觸而壓抑不住相爭的衝動，產生不必要的衝突。

而偏好個體強大的魔修們，更是不會出現乾元成堆在一塊兒的狀況，例如屠氏部族裡一共有五個乾元住所，相隔得可遠了，務求深吸一口氣也聞不到另一名乾元的氣息，才能過得舒服些。

可虞塵偏偏就是一名乾元，卻能和屠黎洹長時間共處一室，甚至就睡在他寢室旁的小隔間裡，方便主人隨傳隨到，是個相當標準又盡責的貼身僕役。

就算他還未真正成熟，那也只差一些而已，族裡其他見過虞塵的乾元，都一概表示這確實是一名正常且健康的乾元，他的信引已經能引起他們的牴觸和敵意，僅是因為他過於弱小，不足為慮而已。

難道就因為不具實質威脅性，所以屠黎洹能忍受一名乾元天天貼在自己身邊？

這個未解之謎在屠氏屬於少數高層的談資，因為下人是不敢隨意談論魔尊的，但有多少人偷偷想過這問題，就不得而知了。

「你才有問題！怎麼啥話都敢亂說吶？」虞塵終於忍不住吐槽起歆遙那張破

嘴，又語重心長地道：「尊上雖是個不拘小節的人，但也不能隨意頂撞他，知道不？你這嘴要是甜不起來，就乾脆少說兩句。」

虞壟實在挺擔心歆遙一開口就得罪屠黎洹，恨不得把他當年討客戶歡心的話術都教給歆遙，但察覺對方的性格根本辦不到後，也就不再勉強。

先看兩人第一次接觸的結果如何再說，滾動式修正應對客戶的策略，此乃優秀業務的必備技能！

虞壟覺得要是這兩人真能被他湊對成功，等他回去現實世界大概能開啟媒人副業。

雖然歆遙的表現讓他七上八下的，不過這裡是個有ABO設定的世界，那所謂「匹配度」就是最不科學又最科學的東西，虞壟相信有這樣的前提，這兩個註定要在身體上十分契合的人，起碼不至於相看兩厭才對。

……應該？

反正這類故事都是這樣安排的，攻受兩人在床上一路啪出真感情，他頂多就是預防攻把受啪壞導致 bad ending 就行。

不容易啊，熬了兩年，終於到了檢驗業績成果的時候了！

虞壟思緒紛飛，卻也沒敷衍歆遙，認真替他導覽一番屠黎洹的住所，就連跟在後面當遊客二號的藺成也大開眼界，在部族裡服務這麼多年，還是第一次如此細緻地參觀魔尊的私人空間。

然後就更困惑這兩個乾元到底是怎麼住在一起的。

這幾乎形影不離的生活方式，為什麼還沒有鬧出人命？太扯。

「我累了，能不能找地方坐著？」

見識完魔尊那些稀奇古怪的寵物們，歆遙忽地提出這樣的要求，聽著倒也算合理，虞塵就想把人帶回前院的小涼亭歇息，卻又被對方阻止。

「有些話想私下和你說，去屋裡吧。」歆遙逕自朝中間那棟屋子走去，邊走還邊說：「順道看看你家尊上的房間長怎樣。反正以後肯定得常來，我先熟悉一下也好。」

「啊？這……算了，你好奇就進去看看吧。」

虞塵本來想說，歆遙對屠黎洹來說是修煉用的「工具」，當然不是在臥室裡採補他，而是去修煉室才對，但想想又覺得其實也無所謂。

要是他的計畫順利，工具人能晉級成床伴的話，在哪裡「修煉」都可以。

相較於先前那種走個路都怕踩到東西的狀況，此時屠黎洹的房間整潔得驚人，雜物雖多卻一點也不亂，而且打掃得一塵不染，看著就相當舒適宜人。

「這……跟我想像得完全不同。」歆遙張望一番後終於做出結論，末了不忘補充：「還以為這裡會跟魔窟一樣，陰森可怖、遍地屍骸、腥氣沖天呢。」

「……你形容的地方，連來福都不住好嗎？」虞塵狂翻白眼。

尊上這樣宛如稀世珍寶般的美人怎麼能！住在那種髒兮兮的地方！

而且尊上雖然有那什麼、殺點東西洩憤的小習慣，也不會在睡覺的地方這麼幹，這麼多高級的檀木家具要是沾到血汙，可就報廢了呀！

歆遙在寬敞的臥室裡繞一繞，又走到左側一堵隔斷牆後，果然看見了一張樸素的小木床、一只放衣服的矮櫃，小小的空間同樣收拾得很乾淨，就是顯得較為寒酸，更不見多少私人物品，好像這人只是暫時找個落腳處，隨時都能離開。

這裡自然是虞塵的房間，顯然是把本來放雜物的空間清出來，給他放張床鋪罷了，但讓歆遙訝異的是，這屋子裡竟感受不到虞塵的氣息。

其實打從進了這座院落，歆遙就能明顯感覺到，此處的一磚一瓦似乎都染著屠黎洹的信引氣味，但同樣住了兩年的虞塵，居然沒留下絲毫氣息。

這就是他們之所以能共處一室的祕密？

「有意思……」歆遙低聲自語，隨後就像此處的屋主般，逕自坐到圓桌旁，屈指敲敲桌面，示意虞塵該端出一開始說好要請他喝的茶水。

「我去弄吧，你們慢聊。」當了一路透明人的藺成驀地說道，一反先前那種防賊一般的態度，放任歆遙與虞塵獨處，識趣地退出屋外，還替他們把門闔上。

這什麼操作？虞塵也摸不著頭緒，不過心想自己本來就沒打算做什麼多餘的事，也就把這點異狀拋到腦後，專注在歆遙身上。

「所以你到底有什麼事，必須和我見面說？現在也沒其他人，你就別賣關子了。」

歆遙沒有立刻應話，幽幽地看著虞塵，半晌後才開口：「你知道在這兒，爐鼎最多能活多少年嗎？」

虞塵被這話題一驚，小心翼翼地答：「我、我不太清楚實際情況，只聽說爐鼎約莫可以……呃、用上兩、三年？」

「是，最多就三年。」歆遙語氣平淡地復述。「但那是一名中庸，因為被使用的次數不算太多，所以撐了三年才因精元耗盡而亡。至於坤澤，能活個一年就算命長了。」

他看著虞塵，絕美的臉上勾起一抹冷笑，語帶諷刺地道：「這些，你家尊上沒告訴過你嗎？」

虞塵被問得冷汗直流，只覺得氣氛壓抑得令他焦躁難受，忍不住扯了扯衣領，讓自己能呼吸得順暢些，然後才開口應道：「尊上不會那樣待你的。我和他說過要好好珍惜你，別把你當個工具一樣用完就扔，他也同意我說的——」

「珍惜？這字眼用在一個魔頭身上可真有意思。」歆遙冷冷打斷虞塵的解釋，又笑道：「他說的你就信了？怎麼這兩年你越活越回去，比當初那個只會哭的我還要天真愚蠢？」

聽到這樣的反詰，好像根本沒脾氣的虞塵終於出現一絲怒意，但還是努力和緩語調，耐著性子說道：「尊上是個說到做到的人，而且在修煉的事情上也從不馬虎，既然知道過度採補會給自身留下隱患，當然不會做那種事，而是會適度使用──」

「總歸來說，我仍舊是個『工具』，差別在於其他坤澤可以一年解脫，而我或許得苟活個好幾年？虞塵，我和你有仇嗎？你就這麼想見我過得生不如死嗎？」

「我不是那個意思！」

虞塵被歆遙這番解讀嚇壞了，連忙澄清：「我只是希望你能過得好一些，才會懇求尊上善待你，別讓你落得其他爐鼎的下場。尊上說過，他並不需要一直用爐鼎修煉，頂多幾年就能結束這個階段，你也不再需要繼續做這份工作──」

「所以你的意思是，讓我給那魔頭採補個幾年，之後再像條母豬一樣，給這該死的部族不停生孩子，生到我死為止……這樣的人生，叫做『過得好一些』？」

歆遙站起身，猛然逼近虞塵，揪著他領子憤怒地質問：「你憑什麼替我安排人生？你一個乾元，又知道坤澤有怎樣的下場才叫好過？在那裡跟你的狗主子侃侃而談，輕易決定我的命運如何──你是把我當你的所有物嗎！」

「我沒有——」

虞塵話尾未落就被歆遙推倒在地，一個毫無根基的凡人終究敵不過已然是魔丹境的初階修煉者，於是便出現了這荒唐的一幕：一名年輕強壯的乾元，居然被一名身柔體弱的坤澤制伏在身下！

別看歆遙的身板比虞塵還瘦小一圈，光論體質，他可比對方強壯太多，輕易將虞塵壓制在地後，還能空出另一隻手，慢條斯理地解開頸圈的扣頭。

「你說要讓我過得好一些，那就來吧。」

水藍色的特殊布料輕輕落地，歆遙身上的氣息頓時又強了一截，本來僅是若有似無的信引氣味瞬間瀰漫整個空間，讓虞塵渾身一震，呼吸與心跳都不由自主地加快。

好香……

好想嘗一口……一口就好……

真的好香……絕不能分給別人……

虞塵感覺自己的腦子瞬間被強烈而暴躁的意念充斥，理智正在一點一點消散，那流淌過全身的熱氣讓他只想將眼前這名極度誘人的坤澤撲倒，在他身上烙下屬於自己的印記。

乾元的本能，是掠奪，是占有，是將那些生來要奉獻一切的坤澤統統征服！

——**好想標記他！**

歆遙也感受到虞塵的信引氣息，卻發現對方此刻的氣味與平時大不相同，簡直像是換了一個人。

雖然他們兩人接觸的時間隨著年紀增長而減少，但歆遙記得虞塵的氣息，那是一種聞著並不張狂、但又充滿活力的味道，正如他的性格那樣，熱情活潑又讓人興不起任何惡感，反而還想多多接觸。

而他記得的另一種氣味，就是屠黎洹的，充滿狂躁與壓迫感，令人畏懼的同時又會產生一種迷戀，只想拜服於這名強大的乾元，將自己的一切都獻予對方。

此刻的虞塵，竟給歆遙一種遇上屠黎洹的錯覺，氣息甚至比那個魔頭更加狂放暴虐，好像隨時都能將他吞噬殆盡。

這樣的信引氣味，簡直讓他……

——**好想被他標記！**

「唔……」

歆遙輕嚀一聲，竟感覺身體躁熱無比，忍不住俯下身貼著虞塵的胸膛，身子不安分地蹭動幾下，隨即帶來一種他從未體驗過的快意，讓他頓時癱軟下來，躺倒在虞塵懷裡——

那該死的雨露，可終於來了。

「虞塵、虞塵……標記我吧……讓我成為你的坤澤……」

歆遙將臉貼在虞塵頸側，嗅聞他散發的信引，身體更加躁動難耐，用帶著一絲哭腔的語調懇求：「標記我，我就當不成爐鼎……你想對我做什麼都可以……」

正如歆遙所言，被標記過的坤澤就無法繼續當爐鼎，因為他們無法再被乾元的信引強行觸發雨露，只能待其自行發生，而這樣的坤澤，被採補的效率與價值都過於低落，不如淘汰。

歆遙決定這麼做好一段時間了，在得知自己的命運後，惶惶不可終日的生活讓他被仇恨與恐懼充斥，最終選擇將一切都發洩在虞塵身上。

他想狠狠報復這名意圖操弄他人生的愚蠢乾元，順帶讓自己這條賤命早日解脫，因為他確信，苦等兩年卻被「截胡」的魔尊，一定會氣到殺了他。

然後他就再也不用擔心成為爐鼎後精元枯竭，或因頻繁進入雨露而喪失神智，或在不斷的懷孕與生育中痛苦地死去。

他要死得轟轟烈烈，在一瞬間就與這個該死的世界永別。

可真到了執行計畫的這一刻，他卻無法控制進入雨露期的身體，而原先充滿恨意的思緒也被強烈的情慾取代，一切都變得模糊而失序，只有越發強烈的慾望在推動他的意念，要他趕緊與眼前這名乾元交媾、被他用充滿信引的體液灌注、被他狠狠咬在腺體上，永久標記。

「好難受、嗚嗯……虞塵……標記我、求求你了……」歆遙可憐兮兮地哭喊著，不停在虞塵身上摩挲蹭動，甚至主動湊到他嘴邊，想嘗一口帶著信引的親吻。卻不料，一股巨力猛地將他撞開，讓身子痠軟的他頓時滾了出去，狠狠撞上床沿，桌椅也跟著歪斜傾倒，在地上砸出巨大的聲響。

砰！

輕掩的房門被撞開，好不容易起身的虞塵跌跌撞撞地往外一摔，沿著臺階翻滾而下，又在落地時踉蹌著支起身子，彷彿在躲避洪水猛獸般拚命往外衝，只想遠離那個不斷勾引他的氣息。

渾渾噩噩的他完全沒注意到，此時屋外有一整排靜靜站立的侍衛，而藺成就這麼一臉淡漠地看著他倉皇逃出的模樣，好像對於事情發展沒有一絲意外。

他確實不意外，養過這麼多爐鼎的他，還能不清楚這些坤澤腦子裡想的都是什麼嗎？

要論「鬧事」，歆遙不是他見過最會鬧騰的那個。

「抓好他。」

虞塵聽見總管事的聲音，緊接著數名侍衛便一湧而上，將他按趴在地。

突然，看似被制伏的虞塵猛地抬頭，身上的信引氣息又暴增一截，壓制著他的幾名中庸侍衛忽地感到一股莫名的恐懼，愣神間稍稍放鬆力道，頓時讓虞塵有了移動的空隙，神情狂亂地掙扎起來。

「放、開、我！」

本該被輕易壓制的虞塵發出充滿獸性的怒吼，最靠近他的幾名中庸惴惴不安起來，不懂有著修煉底子的自己為何會如此畏懼一名凡人少年，甚至越想越慌，逐漸出現制伏不住對方的傾向。

這畫面讓原本淡然應對的藺成也皺起眉，對虞塵釋放的信引也隱隱感到一絲壓力，不得不運轉起體內的氣血，好抵抗住那股中庸對乾元的原始畏懼。

「都給我凝神，別自亂陣腳！」

藺成喝斥一聲，有些手忙腳亂的侍衛們才終於扳回一城，把虞塵牢牢按在地上，不再給他找到機會掙脫。

此時的虞塵雙目充血、牙根緊咬，頸子上繃出一條條青筋，正用一種彷彿要把人生吞活剝的狠戾眼神瞪著藺成，早已不見過往那副和藹可親的氣質。

藺成感覺自己就像在面對一名乾元魔修，還是等不及要大開殺戒的那種。

「果然，不管再怎麼弱小，乾元終究是乾元……」藺成感嘆了一句，隨後朝身邊的屬下招手，在對方走近時吩咐：「給他戴上。」

彷彿換了個人格的虞塵狠狠瞪著那名下屬，就見對方從隨身的背袋裡取出一樣事物，然後一臉謹慎地朝他走來。

「藺成！我要殺了你！我要殺了你呃啊啊啊！」

虞塵嘶吼著本該是他主子才會用上的臺詞，眼看那東西就要往自己臉上套，竟氣得張口想咬斷來人的手指。

他們想給他戴上的，居然是個給狗用的嘴套！

「你說過你不想死，這便是你的活路。」藺成那平淡無波的神情裡似乎出現一絲不忍，但很快又消逝。

他走上前接過那個嘴套，決定親自為虞塵戴上。

在這裡，誰都活得不容易。

但藺成的手才剛拿起嘴套，眾人身後驀地發出一股令人戰慄的強大氣息，比寒冰更加冷冽刺骨的嗓音傳來——

「你們……找死嗎！」

不知何時離開靈脈室的屠黎洹疾步走來，一名來不及讓開路的僕役慘呼一聲，當場被他揮掌拍死，瞬間失去生氣的身體噴著血花飛了出去，在院牆上砸成一團爛肉。

他朝著虞塵走去，在看到那個嘴套時變得暴怒異常，可蘭成此刻卻強忍著懼意，哪怕雙腿都在顫抖，依舊踉蹌著跪在屠黎洹面前，擋住他的去路。

「……蘭成，我就給你一句話的機會。」

或許這兩年來，屠黎洹真的被虞塵的處事態度潛移默化，讓他能勉強壓抑住怒火，給蘭成一個開口解釋這一切的機會。

如果是兩年前的他，或許會把所有人都殺光，再來慢慢思考發生了什麼事。

蘭成不敢拖沓，低著頭顫聲應道：「這是、是長老們的吩咐……他們懷疑虞塵對您的爐鼎別有居心，讓我、讓我想辦法處理掉他……」

「那是我的爐鼎，我都不介意了，他們介意什麼？」

眼角餘光瞥見屠黎洹的手正在緩緩捏緊，蘭成緊張地續道：「長老知道您是刻意停在如今的境界，想等最合適的爐鼎出現才打算晉級。但這一停已經數年，他們擔心……擔心您就此止步不前，更因此影響部族的聲勢。故而在歆遙這事兒上，他們容不得半分差錯，只想讓您早日晉升……」

「混帳！」

屠黎洹暴躁地揮起手——慘叫與黏膩的撞擊聲響起，周圍的血腥味越來越濃。

他平時是有點懶得思考，但不表示他愚蠢，蘭成這麼一提，他也很快反應過來，虞塵之所以惹來殺身之禍，並非是因為他一個乾元對魔尊的爐鼎心懷不軌，而是他勸服魔尊放慢修煉腳步的行為，狠狠觸動長老們的神經，認定他居心叵測。

屠黎洹的強大，等同於屠氏部族的強大，長老們擔心他因為被這名跟狗一樣的奴僕胡亂進言影響而耽誤晉升速度，當然得把這隱患除掉，讓魔尊盡快恢復「正常」。

「那這又是怎麼回事？」屠黎洹指著那個嘴套，冷笑道：「我讓你們戴上，你們都會抗拒了，讓一個乾元去戴？是打算以此逼死他？」

藺成不敢抬頭，正想開口回應，垂下的視線卻看到掙脫箝制的虞塵爬起身，顫顫巍巍地撿起嘴套，在眾人驚詫的目光中，抖著手將扣環往腦後一套，然後用力扣緊。

那個特殊的鎖頭「啪擦」一聲便牢牢鎖緊，冰涼的金屬正好貼在後頸的腺體上，似乎讓虞塵稍微冷靜了下來，充斥雙眸的血絲緩緩退去。

但他仍舊在顫抖，太陽穴上的青筋一抽一抽地跳動著，雙手緊握著垂在身側，似乎是用盡渾身力氣在逼迫自己，不准抬起手去扯動嘴套。

那縱橫交錯的鐵網覆蓋著他的下半臉，仍能清楚看見他不停翕動的雙唇，還有一道血絲自他嘴角溢出，沿著下巴緩緩滑落。

「尊、尊上，別生氣……藺總管是在幫我……」

虞塵那雙灰眸已然恢復神智，被鐵網遮擋的嘴勉強勾起一抹微笑，對藺成說道：「我這樣……就不用死了，是吧？」

藺成此時也目瞪口呆地看著虞塵，眼神裡甚至有一絲欽佩，聞言木然地點點頭。

長老們要他除掉虞塵，他試了，用這種會讓其他乾元拚死抗爭的方式，好讓虞塵死於反抗或自毀。

但如果虞塵能接受這樣的羞辱與控制，就表示他也沒有其他乾元那樣強大、高傲、寧死不屈，更不可能危害到他的主人。

他只是一條被屠黎洹養著玩的狗，沒有危險性，多活些日子也無妨。

更何況，此舉也算稍稍敲打了屠黎洹給長老們看，讓他別誤入歧途，養狗就養狗，別把虞塵當人看，也別把狗吠當人話聽。

屠黎洹看著努力與本能相抗的虞塵，竟有那麼一秒的心疼，但馬上就化為滔天的怒意，想不顧一切地將眼前的東西全部殺個乾淨。

他是把虞塵當狗養，那又如何？

打狗也得看主人是誰！

「尊上……我不想死。」

虞塵的嗓音將屠黎洹的思緒拉回，就聽他斷斷續續地說：「我還想、活久一點……我還想多服侍您、幾年……請您、應允……」

屠黎洹閉起眼，雙頰隱隱浮現數道魔紋，又做了幾次深呼吸才睜開那雙紅眸，緩緩應道：「好。」

然後他看也不看虞塵，而是走入屋內，在一陣騷動聲後抓著歆遙的長髮，像扯著個布袋一樣，把人粗暴地拖行出來。

歆遙早因為雨露發作而神智不清，是被這拖在地上的舉動弄痛，才稍微清醒了些，抬眼就見臉上戴著嘴套的虞塵朝他望來，神情中的茫然被驚愕取代。

屠黎洹繼續拖著歆遙，視線卻始終沒落在他身上，只是冷冷說道：「你……很好。你差點就讓我賠了一條狗。」

歆遙驚恐萬分地看著屠黎洹肅殺的側臉，又望向虞塵，眼神中滿是求救之意。

這讓虞塵恍惚間回想起兩年前的那一天，歆遙也是這樣看著他，祈求他的幫助。

「對不起……」虞塵閉上眼，不忍再看歆遙被屠黎洹拖走的畫面。

對不起，他什麼忙也幫不上。

他不該自以為是，試圖安排所有人的命運，結果把一切搞得亂七八糟。這裡不是什麼書中世界，他也不是可以擅自操弄角色與劇情的作者。他只是個為了活命，必須活得像條狗一樣的弱者。沒有什麼現實與小說的區別，他已經在現實之中。

睡了兩年，他也該醒了。

第六章：就讓吾主承包整個世界的美麗

令人感到一絲慵懶的薰風吹起，在院落的植栽中溜過，混著淡淡花香的氣息流轉一圈後，飄出半掩的院門，落在幾名青年身上。

他們全都穿著僕役的裝束，安靜地站在屋外等候，其中兩人看著卻比旁人要引人注目些，除了他們還在僕役裝束之外披上了款式特別的外袍，氣質與外貌上也相較普通僕役來得優秀。

其中一人年紀稍長，麥色皮膚與健壯的體態可見他勤於勞作，但又不顯得粗魯野蠻，一雙綠眸溫潤深沉，給人一種成熟又無比可靠的印象。

他身上披著「津暘舍」僕役獨有的米色外袍，右手上別著淺藍色的護腕，這在屠氏部族裡，屬於一眼就能認明的職位裝束：爐鼎的照護者。

而且還是隨侍某位極為特殊的爐鼎、十年來未曾替換過的「御用」照護者。

另一名青年就更為特殊，健壯挺拔的體態讓他顯得英武非凡，更形似於那些修身煉氣的武者，舉手投足都有別於那些唯唯諾諾的下僕，自有一番上位者的氣度。

可惜，他的臉卻被一副金屬面罩遮去一半，僅露出那雙帶著一絲侵略感的淺灰色眼眸，無從看出他的相貌如何，只能說他光是站在那裡就有一股令人心驚的肅殺感，像個隨時都能出擊的狠戾殺手。

而他身上所披的貴氣黑色大氅，也絕不是區區下僕能擁有的衣物，而是主人特別賞賜給他的禮物——至少外人是這樣解讀的。

至於那是某位主人在彰顯對手下的所有權，或是某位僕人聲稱他只是撿主人不要的衣服穿，真相究竟是哪一個，也就這對主僕自己知曉了。

「虞塵，你前幾天偷三長老院子裡的魔蜂窩，這事兒發了，你等著挨揍吧。」

聞言，灰眸青年眉眼微彎，身上那股煞氣竟瞬間消散；雖被擋住半張臉，卻可以想像他在面罩下揚起的笑容，整個人的氣質都變得活潑可親起來。

「子臨哥，你這話不對，我怎麼偷了？是那魔蜂窩落在地上，我正巧撿起來罷了！你怎麼平空汙人清白！」

「那你還笑！」子臨沒好氣地罵道，綠眸裡滿是無奈。「就這麼巧，前一天尊上說想吃蜂蜜發糕，隔天三長老養了幾十年的魔蜂窩就掉地上？你能信？反正我不信。」

「那是真夠巧的。」虞塵還在那裡故作嚴肅地點頭，說道：「人說強大的修行者可以感悟天地，準是吾主心生感應，知道三長老家的蜂窩該落地了，才跟我說想吃發糕。」

「……就你鬼扯。」

「那你說好不好吃嘛！」

子臨尷尬地別過頭，不打算回答這個問題，以免主動暴露自己其實也是「撿」了蜂窩，還有幸在發糕出爐時當過試菜者的共犯之一。

其他幾名僕役低頭聽著子臨和虞塵閒聊，本來緊繃至極的情緒稍緩，紛紛偷摸著用視線交流，然後一同露出鬆了一口氣的表情。

虞塵，魔尊身邊唯一的隨侍者，雖然是個毫無修煉根基的肉體凡胎，卻又是一名乾元，讓人不敢小覷他的危險性。

也不曉得是不是在魔尊這般強大的乾元身邊待久了，虞塵身上也始終帶著令中庸和坤澤感到壓迫的氣息，哪怕他是個凡人，信引依舊能讓其他人本能地產生畏懼。

儘管和他相處過的人都知道，他其實和善到像是沒有脾氣，從未見他對誰惡言相向過，但乾元屬性和魔尊隨從這兩項要素，仍舊讓部族裡多數下位者都不敢招惹他，甚至隱隱想臣服於他。

尤其他臉上戴的那個特殊面罩，彷彿像在提醒眾人，即便他是魔尊養的狗，那也是有著危險利牙的惡犬，得防著他咬人才行。

至於其他乾元將那面罩視為羞辱、打心底瞧不起這名「殘廢」的乾元——那屬於極少數人的看法，不具重大參考價值。

虞塵正認真地和子臨分享他那個魔尊都稱道的獨家食譜，一聲尖叫忽地自屋樓裡傳出，緊接著便是飽含怒火的嘶吼響徹天際。

「虞——塵！」

這一吼幾乎讓所有人都腳軟跪下，連子臨都不顧形象地扶著牆抖腿，也就虞塵一人絲毫未受影響，灰眸裡滿是無奈，搖頭嘆氣地走入院落。

他走向左側那棟矮樓，剛接近就能嗅聞到一股令他氣血沸騰的「香味」，呼吸與心跳都跟著快上幾分。

但他很快就凝神收斂情緒，將體內那股躁動牢牢壓住，而後快步推門而入，免得他那位氣頭上的主人嫌他動作太慢，變得更加暴躁。

此時，原本平整無物的木地板上鋪散著薄被與衣物，兩具衣衫不整的胴體各占一角，顯然才剛經歷一番激烈的雲雨之歡，還殘留著旖旎蕩漾的氛圍。

盤坐的屠黎洹隨意披著件單衣，遍布全身的殷紅魔紋隨著他的呼吸微微閃爍，將他覆著薄汗的結實身軀映襯得頗為性感，讓人忍不住想沿著那些圖騰般的魔紋勾勒他的身形、細細欣賞他的每一寸肌膚……

另一邊，歆遙一絲不掛地側躺在地，身上沾滿淫靡的濁液，攏起的雙腿間更是溼得一塌糊塗，臉上又是汗、又是淚，凌亂的烏絲遮去他半張臉，但露出來的那隻紫眸和半片紅脣都誘人至極，嬌媚得令人既想疼愛他，又想蹂躪他……

如此讓人血脈賁張的畫面，虞塵這些年也見慣了，任何激動都能穩穩壓在心底，況且此時這兩人的表情也一個比一個還難看，讓他腦中的遐思都消散不少。

就見歆遙支起劇烈震顫的身子，臉上掛著一抹略帶癲狂的笑，朝虞塵勾勾手，顫聲道：「呵呵、心疼了？那你、快過來、疼愛我呀……」

虞塵看了眼歆遙那已經彎折成可怕角度的小腿，見他居然還有辦法笑得出來，心中那股荒唐感更加強烈。

「……我心疼我自己。」

虞塵有些頭大，看著一臉暴躁的屠黎洹，忍不住發牢騷道：「我怎麼就攤上你們兩個倔脾氣的主……」

然後兩道凜冽的視線同時射過來，被兩大美人怒瞪的虞塵表示既幸福又害怕，連忙閉嘴保命，免得等會兒這對「怨偶」決定暫放恩怨，聯手揍他一頓再說。

他如今的戰力，頂天就一個半的來福，莫說能毀天滅地的某魔尊，就是某坤澤如果不在雨露期，也依舊能把他按在地上捶。

惹不起！

見屠黎洹的眼神已經開始透著殺氣，這表示他的耐性即將歸零，虞塵趕緊撿起衣袍給歆遙披上，又小心翼翼地將他打橫抱起，準備將這名有千百種花招惹魔尊生氣的爐鼎帶走。

但歆遙卻不打算消停，伸手勾住虞塵的肩，挑逗地蹭著他的頸窩，低語道：「你如果也想學你家尊上教訓我一頓，那就來吧，在床上好好教訓我……你們兩個一起上也行，一起來肏死我呀……」

「滾！」屠黎洹二度咆哮，血紅的雙眼死瞪著歆遙，像是打算上前再折斷他另一條腿。

虞塵撇頭躲過歆遙舔上來的舌尖，趕在屠黎洹第三次怒吼前將人抱出屋子，邊走邊抱怨：「跟你說多少遍，你不是我的菜。別饞我身子了，你得不到我的。」

「……滾！」這次的尖叫聲是貼著耳朵發出的，虞塵被喊得都耳鳴了好幾秒。

我太難了。

十年的時間晃眼就過，歆遙這個爐鼎不僅沒有早早死去，屠黎洹更是始終只用他一人輔助修煉，不知情的外人都要以為這兩人是日久生情，從採補變成雙修，直接原地修成正果。

但曾經妄圖給他們倆配對的虞塵作證，這兩人就是在互相折磨，不帶半點愛的那種，身體及信引的契合度，與兩人的親密度成反比，簡直是相看兩厭的最佳寫照。

而且還是一年比一年嚴重，沒有絲毫改善空間的那種厭惡。

當年怕屠黎洹境界止步不前的長老們也沒話說了，因為這位尊上向他們證明，就算只用歆遙一個爐鼎、就算他根本懶得逼坤澤進入雨露，所以都是三個月才用一次，他的修煉速度依舊冠絕群倫，讓人無可挑剔。

其實明眼人都知道，這根本就是屠黎洹在替虞塵撐腰，證明當年的他才不是什麼胡亂進言的蠢貨，或別有居心的歹徒。

當然，這舉動看起來是有些幼稚，但屠黎洹又不在乎別人怎麼想他，只是一心想證明虞塵沒有說錯罷了。

至於他和歆遙這十年來沒有相愛、只有相殺的糾纏，為的又是另一件事……

「我說你，就不能少惹尊上？非要給自己討皮肉痛，何苦呢？」

虞塵抱著歆遙走出修煉室，卻沒急著與屋外的子臨接頭，而是把人放上涼亭的扶欄，轉身走去折了兩根粗硬的樹枝，然後蹲下來處裡那隻已經開始發青的斷腿。

「嗚……」歆遙忍住骨頭被正位時傳來的劇痛，不過在筋骨恢復正常狀態後，就不再痛得渾身發抖，且魔嬰境的身體也開始自癒；雖然不到馬上就斷骨重合的程度，但一週之內肯定能完全康復。

是的，要說這十年來當屠黎洹爐鼎有何好處，那就是修為都能硬生生被「頂」

高一截；別人是被採補得精元乾涸而亡，他歆遙是越被採越有精神，直接突破境界。

虞塵解下頭繩，高束的馬尾立刻散落下來，他隨意把灰黑夾雜的頭髮往後撥了撥，低下頭專心固定歆遙的傷腿，將樹枝用頭繩綁好，三兩下便完成一個簡易的固定板，讓傷處可以癒合得更加順利。

歆遙靜靜地看著這一幕，忽地伸手輕輕摩挲虞塵臉上的面罩，低聲問：「你恨我，對吧？」

那年的他一心求死，等回過神來才發現，自己對虞塵的看法錯得離譜，可已經沒有任何補救的餘地。

那個始終為他著想、替他謀求生路的竹馬，沒獲得自己一絲感恩就罷，反倒落得這番下場，活得跟頭畜生一樣。

他還是個本該高高在上的乾元，此刻卻成了一條被戴上嘴套的狗。

問歆遙為何總喜歡惹惱屠黎洹？

因為他也知道，屠黎洹始終不殺了他，就是在拿他給虞塵出氣，所以樂得惹惱對方後，再受一些死不了人的苦。

這是他和屠黎洹的默契，在屠黎洹眼裡，他就是得活得這麼下賤，才能勉強抵得上虞塵的遭遇。

別人就罷，他還會不清楚這名殺人不眨眼的魔頭有多護短嗎？

「你這問題，再問個幾百次、幾百年，答案也不會變：我一點也不恨你。」

虞塵這回沒躲開歆遙的觸碰，只是隨口應了聲，接著單膝跪地，將歆遙的傷腿放在自己膝上，仔細檢查自己的應急處理有沒有問題，做完才抬起頭，給對方一個相當無奈的眼神。

「這玩意兒是我自己作孽得來的，跟你沒關係。你也別老想著對我有虧欠，就惹尊上發火對你動手，以為自己受點傷就能讓我心裡平衡些。」

虞塵直白地點破歆遙的想法，也不等對方回話，就把人再次抱起，腳步輕盈卻穩當，不讓懷裡的人感到一絲顛簸。

他垂眼看著眼眶泛紅的歆遙，語重心長地道：「我真怕你這激進的腦子，哪天會把自己給逼瘋……別想那麼多，好好過日子，行嗎？」

「好好過日子？我一個生在魔區的坤澤，除了當個用完即扔的工具，還能有什麼好日子可過？」歆遙寒著臉說道，搭在虞塵胸膛上的手緩緩收緊，將對方的衣領捏得起皺。

「除非……你養我。」

若要問那些住在「津暘舍」裡的坤澤們，心中排名第一的妄想為何，那大概就是委身於虞塵，因為這是唯一一個沒修行所以不用採補他們，又因過往經歷而被長老們禁止留後的乾元。

被他標記，不用當爐鼎也不用生孩子，簡直棒透了。

「就跟你說你不是我的菜，別一天到晚饞我身子。」

「滾吶！你們乾元都是混蛋、豬玀、下三濫的狗東西——」

虞塵頂著歆遙那層出不窮的辱罵，終於把人交給同樣無奈的子臨，還不忘抱怨：「子臨哥，我拜託你勸勸歆遙，反正我是勸不動。」

「怎麼又受傷！」子臨也注意到歆遙腿上的固定板，綠著臉略顯崩潰地道：「你以為我這十年都在幹麼！我也勸不動啊！」

給一個有自虐傾向的坤澤當保母，他容易嗎？還不到三十歲就開始冒白髮了！

終於送走這群負責接應歆遙的人，虞塵一邊去給屠黎洹燒水、一邊碎念道：「我養你？我養你幹麼？我給人養不好嗎？被包養的快樂才是無敵的！」

不過他心裡想的其實是「要養也是養尊上這個大美人」，但有鑑於講出來會被屠黎洹抽死，他當然是口是心非了一把。

我，虞塵，長得小帥又始終惜命的乾元，今天也活得非常穩妥！

自得其樂地哼著小曲，虞塵端起那盆熱水，扛著毛巾和乾淨衣物朝修煉室走去，推門而入時，屋裡果然還是一片凌亂，屠黎洹正靠著牆打坐調息，但看起來又像在小憩，能修煉修得這麼閒適愜意，也就他這種奇才能辦到了。

虞塵也沒出聲打擾，安靜處理主人絕不可能自己動手收拾的衣物和被褥，抬眼才發現屠黎洹不知何時已經睜眼，正盯著他看。

不過虞塵也不需要屠黎洹開口，看著他的眼神就大概知道對方在想什麼，抓抓頭笑道：「哦，剛才一時找不到趁手的東西，就拿頭繩給歆遙綁腳了……尊上，您要擦澡了嗎？水我端來了。」

屠黎洹沒有回答，只是朝虞塵勾勾手，後者便乖巧地上前，背過身盤坐在木造臺階下，兩人的一舉一動皆充滿默契。

就見屠黎洹解下纏在手腕上的紅色頭繩，輕輕咬在嘴裡，雙手攏起虞塵的長髮，手指一遍遍滑過髮絲，替他梳起馬尾，虞塵則開始叨絮起部族裡近日的新鮮事。

由於屠黎洹平時很懶得外出，凡事都讓虞塵跑腿，所以對部族內的發展也沒什麼關注，都是靠虞塵主動挑些有趣或比較重要的事稟報，才讓他不至於完全脫節。

等說到一個段落，虞塵的頭髮也綁好了，他伸手摸了摸，發現他家主子還給他編了幾條小辮子，挺別致。

但不等他起身，屠黎洹的手又突然伸過來將他按住，然後莫名其妙地揉起他的耳朵。

這是幹麼？虞塵愣愣地給屠黎洹搓耳朵，然後頸側也被摸了幾下，像是在抹除什麼，那恰到好處的手勁讓他忍不住瞇起眼，很是舒服地嘆了一口氣。

哪知道屠黎洹搓完左邊就停手，讓虞塵忍不住提問：「咦？另一邊呢？」然後他就感覺後腦被對方屈指連敲幾下，疼得一抽一抽的，但右邊的耳朵馬上得到同樣的搓揉服務，也就立刻忘了幾秒前的痛，享受地哼哼起來。

屠黎洹也沒打算解釋自己的舉動是什麼意思，給虞塵搓夠了就轉起無名指上的戒指，準備觸碰虞塵後頸上的扣環，卻被對方出聲阻止。

「尊上，等等要出門呢，別摘了。」虞塵順勢就抓住屠黎洹的手，放在自己掌心裡輕輕摩挲，然後在對方的沉默中笑道：「您忘了是吧？今天仙修的百凡宗來訪，大長老要您出席中午的飯局，一會兒給您換好衣服就得出發了。」

「不去！」

屠黎洹的口氣就跟個孩子似的，像是沒注意到虞塵正捏著他的指尖把玩，怒氣沖沖地道：「讓我去那種飯局做什麼？跟仙修的交易，從來都不是我在下決策，他們來訪與我何干！」

「您是屠氏的顏面，得去鎮場子呀！不然就那幾個幾千歲了還沒得突破的臭老頭出席，讓那些眼高於頂的仙修笑話了咋辦？」

虞塵苦口婆心地規勸著，不忘補充：「況且，再一個月就是魔區各部族的年度集會，您這幾年沒怎麼出外走動，被謠傳是修煉遇瓶頸了才閉關不出，等會兒的飯

局出現一下，也好平息這種流言。」

「……不去。」這回的語氣沒那麼強硬了，但還是頗為不滿。

於是，虞塵趁勢祭出壓箱底的「魔尊出場費」。

「大長老答應了，您今年只要出去幫他撐場面三次，就讓您養古馗蛇妖！」

「……要兩隻。」

「那沒問題！我到時給您湊個一公一母，就能一窩一窩生不停！」

今天的虞塵也是棒棒噠業務員，買家賣家都誇讚！

「好啦，咱們盡快收拾收拾，吃飯的地方在山下呢，就是騎來福過去恐怕也得跑上半個時辰，真夠遠的。」

屠黎洹聽到這話又想反悔了，但最終還是忍著焦躁感勉強點頭，讓虞塵替他打水擦澡。

虞塵拿溫熱的溼毛巾認真擦拭屠黎洹身上的髒汙，將他的銀髮仔細梳開梳順，隨後再替對方換上飾紋華美但不浮誇的黑色長袍，戴上銀質頭箍、繫起纏著翠玉的絲絛，最後再配一把裝飾大於實用意義的長劍，才算整裝完畢。

在虞塵來之前，屠黎洹從來都是一身耐髒的練功服，外出就是素面黑色長袍，記得披上一件狐毛氅衣就算有特別打扮了，根本懶得特別整理容貌，全憑那張盛世美顏撐場面。

但自從有了某位全方位包辦他生活起居的小僕從後，屠黎洹的衣櫃年年擴增，還多了一堆他始終搞不清楚用途的配件首飾，本來覺得麻煩得要命，但見虞塵如此樂在其中，他也就放任對方去弄。

如果要問虞塵為何要費這勁，他會說，全世界都該知道他家老……咳咳、他家尊上有多美！

武力值跟顏值都要宇宙第一，就是這麼跩！

給屠黎洹配置好一身漂亮又不失氣度、優雅又不減英武的打扮，虞塵忍不住笑瞇了眼，滿意地道：「尊上果然是最好看的！」

美成這樣都不用怕走丟，在路上找最漂亮的那個就對了。

屠黎洹沒少收過虞塵這種直白至極的讚揚，已對此感到稀鬆平常，但不曉得為什麼突然心血來潮，脫口問：「歆遙不好看嗎？」

「啊？歆遙？」虞塵撓撓頭，語氣有些無所謂地道：「還行吧？但他不是我的菜啊，真不是。」

再怎麼說，都是美豔又霸氣的魔尊更好看嘛！

而且還是白毛跟紅眼呢……

性癖是不可能戒的，一輩子都不可能！

屠黎洹總覺得虞塵這回應好像有點蹊蹺，但想半天沒想到是哪裡有問題，只能愣愣被人拉著走出屋子。

毛被刷得光亮的來福早就在外等候，見主人出來就是一陣昂昂亂叫。

「昂啥昂，蹲好！」虞塵沒好氣地踹了來福的膀子幾腳，抓著牠的鼻子告誡：「等會兒見到那些仙修，你給我表現好一點，知道不？敢給我亂翻垃圾吃試試看？你是屬虎的啊！不是野貓！」

「昂吼——」

「那也不行！你敢啃一口仙修，他們就敢多一張虎皮地毯！」

屠黎洹不懂，他養來福五十年，還是聽不懂牠那些「昂嗚嗷吼」都是個蛋的意思，但來了十多年的虞塵已經精通虎語，還能跟對方互相叫囂一個時辰以上，跨種族交流十分順暢。

他果然是養了一條狗吧？外表長得像人的大狗子。

兩人一虎來到山下時，負責今日事務的三長老、五長老及大小事都得操勞的藺成早就到了，幾人見虞塵真的成功把屠黎洹勸出門，均鬆了口氣。

大半魔修部族的族長都喜歡四處挑事，勤於征戰掠奪，他們屠氏的上一任族長也差不多，一年到頭在外殺殺殺、搶搶搶，靠著捶扁敵人一路捶成魔神。

偏就他們的現任魔尊不搞這一套，整天埋頭練功，連部族事務都懶得過問、任由他人插手，反正別叨擾到他修煉就行。

然而這種閉門造車的修煉方式，還是能把任何試圖挑戰他魔修之尊權威的人一拳打死，罵一句「麻煩！浪費我時間！」，接著回家繼續打坐或練拳。

人比人真是氣死人。

見屠黎洹到位，一行人也準備出發前往和仙修約定的商談地點。

三長老面色不悅地瞪著虞塵，還在心疼他備著當藥引的魔蜂巢給這小混蛋偷了，開口警告道：「虞塵，等會兒見到百凡的人，給我表現好一點，少油嘴滑舌，看著跟個小丑似的。你惹笑話，就是在削你主人的面子，知道不？」

劇本重複了，好像。

虞塵都沒來得及回話，一旁的屠黎洹已經眼含肅殺地瞪過去，當場讓三長老嚇得一嗆，差點岔氣，只好故作鎮定地清清嗓，轉頭不敢再看這對主僕。

難得穿得那麼標致，跟個賞心悅目的花瓶似的，差點都忘了這是尊殺神。

為了趕緊轉換屠黎洹的情緒，虞塵就抓著藺成到他倆身旁，催促道：「藺總管，您跟尊上說說今天是幹什麼去的。我不曉得事務細節，沒能跟尊上解釋此行目的。」

藺成無奈地看了眼虞塵，也知道長老是刻意不讓對方知曉太多族內業務事項，但要說屠黎洹這族長也不知道，就有點……

算了，他們的魔尊就是該把心神都用在修煉上，拿這些「瑣事」勞煩他就是在糟蹋他。

「百凡宗邵氏準備進駐妖區西北一處靈石礦地，但苦於處理妖獸潮的人手和有效手段不足，決定和屠、終兩家合作，共同開發礦地。一些比較細碎的分成條約已經先談妥，今天就是做個正式合作的宣告，故而共邀三方家主、族長一敘——」

「終鶴嬴要來？」屠黎洹打斷藺成的解說，一雙紅眸微微瞇起，神情覆上一層寒霜。「給我一個不殺他的理由。」

虞塵難得聽屠黎洹喊出一個人名，而不是用「那個誰」替代，想來這位終氏族長肯定幹了什麼大事，才能讓他家尊上把名字記牢了。

但這顯然是他開始侍奉屠黎洹之前發生的事，只能向藺成投以求問的眼神，希望這位總管家給自己惡補一下這段往事。

可藺成卻一臉痛苦地朝他猛搖頭，然後對屠黎洹道：「尊、尊上，終族長已經向您道歉過了，屠終兩族也商議讓這事兒過去。如果您出手傷他，這帳反倒會算在我們屠氏頭上……」

「道歉？我要那種東西幹麼？我要的是他的命！」

屠黎洹的怒火瞬間炸出，跟著一起湧現的還有他的信引，頓時弄得周圍的人都膽顫心驚，隨行處理雜事的僕役們更是趴跪成一片，縮在地上瑟瑟發抖。

虞塵見狀連忙上前搭住屠黎洹，輕輕揉捏他的雙肩，一臉正經地道：「尊上，別生氣，氣壞自己就是便宜了對方！咱們不能吃這虧！」

屠黎洹驀地鼓了鼓臉頰，像是氣極了但又忍著破口大罵的衝動，頓了半晌才開口：「你有沒有什麼辦法可以……教訓他？」

在場除了見慣這對主僕互動方式的藺成，其他人都對屠黎洹居然向虞塵徵詢意見的舉動震驚不已，兩位長老則是皺起眉頭，紛紛給虞塵去了一個「你最好別給我鬧事」的眼神。

「這個麼……那我得先問，尊上，他是怎麼得罪您的？」

這問題一出，知情的兩位長老和藺成都面色扭曲，然後虞塵就聽屠黎洹冷冷說道：「他之前在部族聚會上，送了我一個頸圈。」

虞塵倒吸一口涼氣，在心中暗嘆這位終族長真是擁有一整個世界的勇氣，居然敢置生死於度外——

給頸圈，那是表示要讓對方當自己的坤澤！

難怪屠黎洹會氣到想殺了對方，此舉就是這個世界中，羞辱乾元的著名招式之一——

還有另一招是嘴套。

虞塵壓住那種莫名崇拜對方的心理，思緒電轉，馬上意識到一個關鍵：這件事發生在部族聚會上，那也就是五十年前，屠黎洹既不是族長、更不是魔尊的時候。

再更早的時間點，屠黎洹根本還沒飛升上界，不可能出席五十年一次的聚會，不過如果是上一屆，屠黎洹就很可能以「優秀新晉成員」的身分參加。

那事情就很清楚了，想來這個終鶴贏大概是看屠黎洹剛晉升，想挑軟柿子捏，就故意羞辱他。

儘管屠黎洹當年大概沒有直接打殺對方的能力，但屠氏部族也不可能任由自家備受期待的修煉天才吃悶虧，最終才會協商出這麼個道歉了事的和解方案來，暫時把事態壓制下去。

而且看這次邵氏修仙者來魔區談合作，找的就是屠終兩氏，顯然這兩個部族實力和底氣都不差，而且有足夠大的利益往來，能讓他們暫時將兩方族長交惡的事放一邊去，以得利為重。

這態度確實也挺魔修，有好處拿的時候，就不談恩怨這種浪費時間精力的東西，先把能到手的資源都瓜分乾淨再說。

想通這些，虞塵馬上對屠黎洹道：「尊上，坦白說，今天就想給這位終族長教訓，是不太可能的事。尤其這飯局還攸關三家族氏的合作生意，如果出了什麼差池，咱們會落人口實，還會損害既有利益，得不償失呢。」

屠黎洹聞言，神色竟明顯黯淡了一下，然後又隱隱暴躁起來。

但不等他發難，虞塵已經開口續道：「但尊上只要再等一個月就行！屆時，您殺了他都沒關係，最好把他骨灰都揚了！看誰還敢對您不敬！」

「一個月？」屠黎洹沒反應過來這個時間點意味著什麼，倒是一旁的長老們和藺成都聽懂了虞塵的計畫，在心中暗暗點頭。

見屠黎洹還沒想通，虞塵笑吟吟地提示：「您和我說過呀，魔修部族聚會時，會有族長的對擂環節。」

他看著屠黎洹的嘴角緩緩揚起一個弧度，自己也笑瞇起雙眼。

「在擂臺上，把這不知死活的畜生捶死，您說是不是……很棒呢？」

第七章：你就是饞他身子，你下賤！我也是！

在上界，並非所有人都是自凡界飛升的修煉者，更多的依舊是肉體凡胎，是他們在支撐這個世界的基層運轉，但多數時候仍會被修煉者視作次等存在，可以隨意掠奪。

這畢竟是個弱肉強食的世界，擁有絕對的強大實力才是生存之道。

至於仙魔有別，其實也和所謂的正邪、善惡無關，完全就只是兩者的修道路線天差地別罷了，若要說心狠手辣，那一個個飛升至神界為神的仙主都不是善茬，手上沾染的人命可不比魔修少。

虞塵已不是十多年前那個還抱著一絲僥倖心態的「穿越者」，而他曾經懷念的「現世」也早在記憶中淡化，如今的他只知道自己就活在這裡，活在這個不管是仙是魔都能輕易捏死他的危險世界。

他只是這個世界裡渺小的千萬凡人之一，脆弱的生命如蜉蝣，朝生暮死。

對他來說，活著始終比什麼都重要，至於活下來是為了什麼，理由卻早已大不相同。

「止步，奴僕不得入閣——」

莫名陷入感慨中的虞塵回過神，就見這處富麗堂皇的塔樓前聚集不少人，畢竟是三大家族族長出席聚會的場合，帶人手就是給自己充場面，所以一大群實際上沒什麼用處的僕役與隨從全站在這裡，目送主人們上「金萊閣」用餐。

虞塵習慣走在屠黎洹一步之後，大概也是想事情想得出神，暫且沒注意到自己是不該跟著進樓的，這才被門口的接待的店小二攔下。

但那小二話才說一半，突然驚覺眼前這名戴著奇怪面罩的男子，居然是名乾元，頓時傻愣愣地站在那裡，不知該如何是好。

他可從沒見過堂堂乾元被當成奴僕，這人到底什麼身分？究竟該不該放行？

這題目超出範圍了啊！有必要這樣為難他一個小小跑堂嗎！

其實外頭也有不少人注意到虞塵這名特殊的乾元，明明身上的信引彰顯著他的領袖氣息，可不管是穿著或態度都與下位者無異，看起來極其矛盾。

尤其在注意到他臉上的面罩後，有些人忍不住開始竊竊私語。

這其實不是面罩，是……嘴套吧？

看著已經開始懷疑人生的店小二，虞塵笑了笑，也沒為難對方，自覺地退到一旁，準備和屠氏帶來的家僕們一同在外等待，但腳才剛往後踏一步，一隻手便伸過來扯住他袖子，把他朝前帶去。

「跟上。」屠黎洹的口氣不耐，對虞塵被攔住的事有些惱火，但終究沒朝無辜的店小二發難，只是拖著虞塵走上樓閣階梯，對那一道道或好奇、或詫異的眼神視若無睹。

虞塵的態度很明確，天大地大他家老……他家尊上最大，當然是乖乖跟著屠黎洹上樓，哪管其他人的非議？還輕鬆淡定地欣賞起這金萊閣內的景致。

不得不說，跟魔修相比，仙修在「風雅」之事上更為講究，例如這棟由仙修管轄的凡人們經營的餐廳，便走一個浮華路線，視線所及之處都是精雕細琢的裝潢設計，似乎隨便摳一摳牆面都能拿掉下來的金屑賣錢。

「嘖嘖，還真夠土豪的……」虞塵忍不住讚嘆仙修們的鋪張，不過以前跑業務認識的都是些貴婦，什麼豪奢的場面沒見過？所以也不至於大驚小怪。

「『土豪』是什麼？」走在前面的屠黎洹驀地回頭問道。

其實他很早就發現虞塵偶爾會講一些聽起來很奇怪的詞語，但因為奴隸來自三千凡界，有自成一套的故鄉風俗語言是很正常的事。

「欸……大概可以理解為，花錢不手軟的人？」

「那我也是土豪！」

屠黎洹的口氣似乎有點得意洋洋，不過他確實也從沒在意過錢這種東西，反正也花不完，想要什麼就買，買不到就搶，搶不到就——

怎麼可能有他搶不到的東西？競爭者都殺光了……的說！

虞塵憋著股勁，很想跟屠黎洹說，自己調侃仙修土豪是有點貶意的，但見對方那種「我也一樣哦！」的炫耀神情就覺得……

媽耶，要被萌死了，全宇宙最可愛的土豪就是我尊上！啊！

倒是一旁的兩位長老紛紛露出糾結的表情，總覺得這些年魔尊被虞塵養得「太好」，性格越來越像孩子，單純得不可思議，也不知道猴年馬月才能有庇護整個部族的擔當？

要是能有身懷絕頂武力、又有機智與城府之人，肯定會是很完美的族長。

算了，還是作夢快一點。

一行人進入頂樓的包廂時，另外兩家的族長都到了，就見一名外貌似乎僅十多歲的白衣少年，還有一名遠遠都能聞到一身腥煞之氣的高壯男人，兩人不約而同地看向屠黎洹，然後紛紛露出笑容。

「哎，還以為魔尊大人不會賞臉呢，沒想到您願意出席，我們邵氏真是備感榮幸。」白衣少年笑吟吟地，語氣也頗為真誠，不似在說嘲諷人的反話。

但虞塵就是覺得對方笑起來的樣子陰惻惻的，好像憋了一肚子的壞水，準備趁隙偷使陰招。

別的不說，這邵氏族長少說也有個千兒八百歲吧？居然讓自己保持天真少年的模樣，看著比他家不到兩百歲的美麗尊上還要「幼齒」，簡直是裝嫩充傻的極致！

「我還以為你這傢伙遇到瓶頸了在家閉死關，沒想到居然願意出門？」那高大得堪比黑熊的男人咧嘴一笑，忽地又舔舔嘴角，張狂又促狹地笑道：「哇，我們的尊上看著又更漂亮了啊，不是坤澤還真是可惜了……」

屠黎洹的雙眸立刻泛起紅光，但不等他回應，一道人影邁步站到前方，替他遮擋住終鶴贏那猖狂無禮的眼神。

「終族長，希望您能慎言，並給予屠氏相應的尊重。」

虞塵垂著眼，並未直視終鶴贏，但他的氣勢卻沒有絲毫畏縮，懇切又嚴肅地續道：「今次是促成三族合作的重要場合，想必兩位族長都指望未來能合作順利，創造共贏。要是因為一點言語不合而產生嫌隙，對三方而言都是損失，不是嗎？」

邵時烽玩味地看著虞塵，對方幾句話就將本來是屠、終兩人的小爭執，上升到三家有嫌隙的程度，擺明是把調和兩方的任務扔在他這個邵氏家主頭上。

要是他不出來勸架，是否便是不把這三方合作當一回事？

不過，更令他感到有意思的，不只是虞塵的八面玲瓏，當然還有他身上的信引氣息。

一個乾元，卻扮作奴僕裝束，還戴著個嘴套？

就連一旁的終鶴贏也瞬間忘了打嘴仗，就算被虞塵截過話頭也沒生氣，反倒一臉新奇地問：「哪兒搞來這麼有趣的小傢伙？你們屠氏的新貨？」

「咳、不是的，這只是我們尊上的個人愛好。」三長老面色尷尬，又趕緊補充：「虞塵是特例中的特例，無法複製。」

他是真怕終鶴贏誤會屠氏除了很會養爐鼎之外，還能養出這麼「奇形怪狀」的乾元奴僕，要是當場來一句「給爺也整一個！」，那就好玩了。

他們去哪生出第二個虞塵這種奇葩？

倒別說他們沒嘗試過，幾年前也有屠氏的乾元，想學屠黎洹養個同屬性的奴僕玩，但試了幾個都沒能像虞塵這樣能屈能伸，大半都寧可抗爭至死，也不願臣服於另一名乾元。

稍微聽話些的，在身邊放一陣子就會覺得厭煩，彼此都無法忍受長時間的近距離相處，最後仍會以相互爭鬥並有一方死亡的形式作結。

其實就是虞塵也算不上唯命是從，年紀還小時或許沒那麼明顯，但現在已經是成熟乾元的他，給其他屠氏人的感覺就是——

我是看在屠黎洹的面子上才搭理你們，別太把自己當一回事了哦。

他們可清楚得很，屠黎洹以外的人如果想騎到虞塵頭上，這傢伙還是會拚死反抗的。

「還是你們魔修路子野，什麼花樣都搞得出來。」邵時烽頓時嘖嘖稱奇，又抹著下巴思索道：「有點想整一個玩玩……」

結果是這位仙修大爺更感興趣嗎！

屠黎洹懶得搭理這兩人，坐到自己位置上就準備開動了，臉上寫著「我要快點吃飽回家練功」，也不管這場飯局其實得邊吃邊拉扯那些還未敲定的利益分成，將自己毫無社交與談判能力的一面展露無遺。

見屠黎洹已經拿起碗筷，虞塵舉止自然地走到他身後，輕輕撩起他兩側的髮絲繞到耳後，從衣領內摸出一支小簪子，替屠黎洹隨意盤了個髮結，免得他的長髮沾到飯菜。

而後又拿來布巾披在他腿上，免得湯水滴落時弄髒衣物，再拿著小碟子替他夾起一些冷盤小菜，和放置較遠的菜色，讓他不需要起身夾菜就能吃到所有東西。

終鶴贏帶來的僕役都在樓下，他本身也不太習慣專人服侍，有跑堂負責給他添上酒水就行，看到虞塵這一氣呵成的侍主流程都有些傻了，酒瓶拿在手上好半晌沒能塞到嘴邊，就顧著發愣。

更覺傻眼的是被安排過來見見世面、順便伺候家中長輩的那些仙修小輩，幾人面面相覷，看著樂不可支的家主，不由得思考起自己今天的待客業務得做到什麼程度？

像虞塵那樣嗎？

嘶，太專業了，一時半刻學不來啊！

邵時烽饒富興味地看著虞塵，忽地心血來潮，對一旁的小輩說道：「讓人再備一副碗筷過來。」

隨後他又對屠黎洹道：「您應該沒什麼主僕不能同桌的忌諱吧？我看這小傢伙挺有意思，讓他也坐下來吃吧。」

東道主發話邀請，本該表示受寵若驚的虞塵卻沒有任何反應，繼續站在屠黎洹身後待命，直到對方屈指輕敲桌面幾下，他才走上前，朝主人單膝跪下，並將頭低垂，露出他後腦下方的扣鎖。

這一幕再度讓兩名乾元震驚不已，因為這種向人露出後頸的姿態，只有中庸和坤澤能做到。

中庸無法被標記，故而此舉象徵意味為重，表示自己願意臣服眼前的霸主；至於坤澤不必多說，露出後頸只有兩種意思：請標記我，或請認清我已被標記。

他們只是稍稍設想一下自己做出這樣的動作，就湧上一股來自本能的怒火，要真是被迫做出此舉，大概會當場爆發。

但虞塵從頭到尾都是那麼平靜，似乎一點反抗之意都沒有，任憑屠黎洹碰觸他的後頸，取下手上的戒指塞入扣頭中，應聲解鎖。

嚓一聲脆響傳來，虞塵一手按著臉緩緩抬頭，隨後才將遮蓋住半臉的面罩取下，露出眾人鮮少看見的真容。

那是一副相當英俊的面容，五官如刀刻般稜角分明，輪廓大氣又不失精緻，本就清澈有神的灰眸被襯得更加凜冽，整張臉標致得挑不出任何缺陷。

虞塵的嘴角掛著淡淡的微笑，頓時讓那張俊得給人距離感的臉添上一絲親切，他在包廂的一片沉默中將面罩隨意放在桌上，然後挑起嵌在扣頭裡的戒指，牽起屠黎洹的手，將那銀質小環套上對方指尖，再輕推至底。

屠黎洹渾然不覺虞塵這樣的動作有何不對，等人給自己戴好戒指後又抽回手繼續專心吃飯，半晌後才注意到包間裡過於安靜；抬眼發現所有人都在盯著虞塵看，眉宇立刻皺起。

「你們盯著他看做什麼？」屠黎洹的口氣隱隱焦躁，一時竟有股想給虞塵戴回面罩的衝動。

那是一種……自己珍惜的希罕玩意兒被人惦記的感覺，極度糟糕。

邵時烽已經回過神，腦子裡還在回想方才那一幕幕畫面中的小細節，嘴上笑應道：「我只是有點可惜，小傢伙生得挺俊，把臉擋起來可真浪費。」

虞塵報以他相當熟練的禮貌微笑，心裡則是在想，這張臉又不是長給別人看的，有尊上欣賞就好，干卿底事！

——**我帥也是帥給我老……吾主看，你們別一個個的都饞我身子！**

終鶴贏倒是沒對虞塵的長相發表意見，只是興致勃勃地問：「說真的，你到底是怎麼把他調教成這樣的？分享分享訣竅吧！」

「那是，我也好奇得緊。」邵時烽那躍躍欲試的模樣，似乎回頭馬上就要弄個乾元奴僕來玩玩。

屠黎洹實在很煩終鶴贏，但這裡還有個邵時烽，想到之前虞塵為了阻止他和終鶴贏當場見血時說的話，再怎麼不懂人情世故的腦袋也能想到，今天的場面不能過於任性，讓這兩家族的人看他們屠氏的笑話，只能勉強開口應答——

「你們沒養過狗嗎？不乖就抽一頓，抽多了就乖了。」

養寵物小專家屠黎洹，在線訓犬教學。

結果拆他檯的居然是已經落座的虞塵，他一臉不滿地道：「尊上，您別誣蔑我啊，我可乖了，啥時不聽您的話過？怎能說得像是我天天找抽呢？」

「我現在就想抽你。」

「嘿嘿、尊上想不想吃蝦？我給您剝幾尾？」

「哦。」

邵時烽和終鶴贏頓時無語，總覺得這主僕關係……還是該說主寵關係？

總之就是很不對勁。

到底是誰馴服了誰，看著居然撲朔迷離起來？

雖說開頭的氣氛有些緊張，但飯局後續倒是進行得頗為順利——至少邵、終兩家首領與屠氏長老在業務上相談甚歡，而屠黎洹則專心品菜和負責貌美如花……

後面那項當然是某位心繫主人的小僕從自己加上的。

虞塵也從一桌子人的言語交鋒中觀察出，終鶴赢其實不像表面上那麼狂放不羈，在談及部族利益時分外地精明謹慎，就是偶爾喜歡不合時宜地調戲屠黎洹幾句，再被虞塵三言兩語化解。

結論：終鶴赢就喜歡看屠黎洹氣得想殺他、但又不能動手的樣子。

虞塵很難辨明這位終族長頻頻惹惱屠黎洹、在生死間反覆横跳的行為，到底是單純嘴賤或別有目的，不由得對一個月後的部族首領聚會更加擔心。

他真的擔憂自家這個品行單純可愛……頂多有點小暴躁的尊上，會因為算計不過這種幾百歲的老狐狸而大吃虧。

面對阻礙與困境，屠黎洹向來都是秉持一力降十會的處世態度，但終究是太年輕、積累不夠多，這點就是屠氏的諸位長老們也備感擔憂，很怕自家尊上在這次聚會不能維持好魔修之尊的威儀，讓部族勢力跟著受到影響。

雖然上面還有好幾尊屠氏魔神可以照看他們，但這種成神的老祖宗對宗族的歸屬感其實已經很淡薄了。

都是修成得道的仙神了，怎還會在乎凡俗這一點小事？

而屠黎洹這個處在事件中心的當事人，反倒對此毫無感觸，只想著按照虞塵所言，在一個月後的對擂把終鶴贏這煩人的傢伙打死，等會兒回去後最好閉個小關、鞏固境界，讓自己勝得更有把握。

屠黎洹對敵其實從不大意，每次出手必然都用盡全力，面對終鶴贏這種早他幾百年就飛升的前輩，他不會害怕，但也不會輕敵。

「哎，這就走啦？不多聊幾句？少個美人陪酒，興致都降了不少啊！」終鶴贏看著準備離開的屠氏一夥人，又扔出令屠黎洹憤怒的輕佻之詞。

就見他腳邊堆著不少空酒瓶，一臉醉醺醺的樣子，像是喝多了又說錯話，但明明前一刻還在跟邵家人斤斤計較合作條約的讓利比例，讓人無法相信他會是那種管不住嘴的莽夫。

虞塵本來又想出言維護自家主人，但這回比他還早開口的卻是屠黎洹——

「你不是我的菜，別一天到晚饞我身子。」

場面頓時陷入一片寂靜。

「噗！」邵時烽第一個笑噴，在他身後的幾個家中小輩，也是一臉憋笑憋得快內傷的樣子，完全不給終鶴贏半點面子。

至於屠氏這邊，所有人的視線一致落在虞塵身上。

這話像是尊上自己能想出來的嗎？肯定又是你小子帶壞人家！

「沒錯！吾主說得對極了！誰饞吾主的身子誰下賤！」

然後那個被眾人以視線指責的人，還在大力鼓掌。

至於要說某位小奴僕不也對主子有非分之想？

我，虞塵，一天到晚饞尊上身子，就下賤，怎樣？

就說性癖這種東西一輩子都戒不了！

沒想到，終鶴贏也只是一愣，隨後便哈哈大笑起來，絲毫不見怒氣，反而像是被逗樂了，甚至還有點意猶未盡的樣子。

他只在屠黎洹轉身下樓前，輕描淡寫地留下一句話——

「下個月，擂臺見。」

第八章：什麼都依你

「這什麼部族聚會的……很重要是嗎？」

「你怎麼突然好奇起這個？」

難得好手好腳離開修煉室，歆遙緩步走在虞塵身側，身上還帶著點情潮退去後的疲憊與慵懶，一舉一動都透著誘人的韻味，走沒幾步就蹭靠到虞塵身上，然後又被後者推直身子站好。

歆遙沒好氣地瞪了眼虞塵，這才應道：「屠黎洹很少在雨露之外的時間採補我，而且這次……算了，你不是爐鼎，跟你說了你也聽不懂，反正就感覺他比以往都還急躁，趕著快點結束過程然後開始『消化』。」

他勾起笑，語帶嘲弄地道：「你看，我都還來不及激怒他然後討一頓揍呢，他一完事就把我轟出去了，這還不急嗎？」

虞塵沒接這話，而是眉宇微蹙，頓了頓才道：「這是尊上第一次以族長和魔尊的身分出席聚會，其他部族族長看他年輕又資歷淺，怕是會挨個來找他的碴……尊上得把這些人都打服了才行，所以想趁出發前再突破一下，也不是沒可能。」

「哦，那你多注意點吧。這次採補給我的感覺不太好，不曉得他會不會出什麼問題……你這樣看我幹麼？」

虞塵眼神古怪地瞪著歆遙，猶豫半晌才問：「等了十年，你終於對尊上……有感覺了？」

雖然來得有些晚，不過這算不算那傳說中的斯德哥爾摩？

話說，為什麼歆遙終於對屠黎洹產生好感，他反倒有點不爽？

「你給我好好說話！誰對那個魔頭有感覺？」歆遙一巴掌拍落，看似纖弱的素手差點沒把虞塵的背脊給拍裂，又自嘲道：「呵，或者該說，我會對哪個乾元沒感覺？你們只要放出信引，我不就會浪蕩地開著腿求肏？感覺可爽了！」

「咳、咳咳……」虞塵感覺自己差點往生，順了半天的氣才開口問：「那你關心尊上的狀態幹麼？」

歆遙默不應聲，直到走出院門，看見正在等待他的子臨，這才轉頭悠悠對虞塵說道：「大概是因為，我還沒決定好，自己究竟該死或該活吧。」

歆遙很清楚，一旦少了屠黎洹的庇護，他這個被用了十年還活蹦亂跳的爐鼎，肯定沒什麼好下場。

其他幾名屠氏乾元，饞他那個特別滋潤的精元很久了，一個個都恨不得把他搶過來，然後一口吸乾。

雖然在屠黎洹這裡過得挺下賤的，但活著總歸是件好事……大概吧？

送走歆遙，虞塵按慣例去給屠黎洹擦澡，左思右想一番後，還是熬不住內心的擔憂，決定將問題拋出來。

「尊上，您……還好吧？」

溼熱的毛巾在背上輕輕刷動，調息中的屠黎洹正享受著這樣的舒適與愜意，耳邊就聽到虞塵的問題，讓他忍不住皺眉。

「歆遙說什麼，你就信什麼？」

虞塵當然不訝異屠黎洹有聽到他和歆遙的對談，只是對這似乎帶著酸味的反問有些尷尬，連忙應道：「我這不是……不懂修煉之事，所以瞎操心嗎？一切肯定盡在尊上掌握之中，是我多嘴了。」

屠黎洹不置可否地哼了聲，半晌後才說道：「魔區現有八個部落，我很可能……會面對七人的圍攻。」

感覺滑過背脊的毛巾猛地一頓，屠黎洹驀地笑了笑，續道：「我不會勉強自己要贏過所有人，但我一定要打死那個終鶴贏。」

虞塵緩緩吐了一口氣，心中的重擔減輕些許。

他是真怕屠黎洹會堅持一貫的剛硬風格，非要把其他人都揍服了才罷休，結果讓自己陷入險境中，得不償失。

想來他這些年的處事態度真的有影響到屠黎洹，讓對方做事時願意留點餘力或轉圜空間，而不是撞破南牆才肯回頭。

嗚哇，我老……我家尊上終於成長了，好欣慰！

虞塵正兀自感嘆著，背對著他的屠黎洹卻突然轉過身，然後摸起他的臉。

「咋了尊上？我臉上沾東西了？」

屠黎洹沒有回答，而是一邊摸一邊思考什麼，隨後又撇撇嘴，小聲嘀咕了一句：「算了，會看不到路……」

「欸？」

屠黎洹沒搭裡滿臉困惑的虞塵，隨手抓了件單衣披上，準備下樓繼續吸納靈脈能量，再給自己的氣血充盈一波。

同時，他在腦中想著，要不要讓藺成找人設計一個全罩式面具，這樣就不會有人惦記虞塵那張臉了……

「嘖，感覺更顯眼了……」

在虞壟的預想中，這所謂五十年才舉辦一次的部族聚會，應該是很隆重的活動，結果他小看了魔修們務實的性子，去到集合地時被放眼望去的瘴氣與各路妖獸震驚了一把。

這他媽亂的，完全就是一片荒山野嶺啊！

原來這聚會沒所謂的主辦方，正是因為連個場地都沒有，按慣例所有部族合意在妖區圈一個範圍後，就各自在範圍內找順眼的地方安營紮寨，若三天內沒辦法清出一塊宜居範圍，就請該部落自覺羞恥地退出，等五十年後再來重新找回尊嚴。

當然，要是真有這種羸弱到連一個紮營地都搞不出來的部族，很可能回頭就被其他部族攻上門然後當戰利品瓜分了，很難再撐五十年不倒。

而在紮營過程中，也不排斥互相干擾甚至爭搶物資，歷年來也不是沒有那種聚會頭三天就先打沒了一半人的情況發生，也算是從各方面體現了「弱肉強食」的精神。

等紮營完畢，就會進入各部族交換土產……各家獨特技術產品的時間，能有機會促成一筆筆互惠互利的交易，或導致某些炫富過頭的部族，面臨在回家路上被打劫一空的命運等等。

緊接著就是「對擂」這個重頭戲。先由各族派出優秀新晉成員打幾場暖身賽，有機會就多捶死幾個敵對部族的「幼苗」，讓他們人才出現斷層；當年屠黎洹就是在這階段大開殺戒而殺出凶名，但也不得不說這和先前被終鶴贏氣壞，進而找了些倒楣鬼來洩憤有關。

壓軸的便是各族族長對擂，族長們會互相指定對手，被挑中的人也可以選擇避戰，但通常不會有族長這麼做，因為那等同於在對人說：我就弱，我族也弱，你們晚點都可以來我族威風一番，順手滅了也沒關係。

魔修乾元們的日常就是這麼樸實無華，生死看淡，不服就幹。

屠氏在搭建營地這種事情上駕輕就熟，完全不需要屠黎洹插手，所以這位魔尊就帶著他養的大狗子四處溜達，看誰不順眼就上去暴打一頓，當作幾日後對擂的暖身運動，倒也不失樂趣，順便讓其他部族再次回想起魔尊的凶名，免得他因為太少出門、戰績不夠就被人看輕。

虞塵恨不得在屠黎洹身後舉一面繡滿戰績的錦旗，還是被族中長老以丟人現眼的理由給駁回，他才悻悻地放棄，選擇在主人打架時負責在場外吆喝助陣。

玩呢這是！

五十年一次，給各族勢力排名重新洗牌的重要聚會，愣是被這對主僕搞得跟來郊遊一樣！

但虞塵表面上很歡樂，心底卻清楚，屠黎洹這麼做並不是吃飽太閒，而是真的在為之後的對擂做準備，想趁此機會多累積一些對戰經驗，才能更好地應付其他鬼精鬼精的族長。

那些人都比他早飛升數百年，力量上或許和他這個修煉天才難分軒輊，但對戰策略卻可能勝他好幾籌，讓他不得不做出這種臨時抱佛腳的舉動。

倒是虞塵陰錯陽差地出名了一把，一名狀態詭異的乾元奴僕幾乎在所有部族面前都刷了個臉熟，搞得不停有人跑去問屠氏能不能給其他部族也「弄幾個來玩」，讓長老們疲於應付，並且更加痛恨這個總給他們鬧事的小混蛋。

至於那種莽撞到直接上門問屠黎洹能不能出借虞塵給大家玩玩的人……在來了兩個都被直接拍死之後，就沒有繼續嘗試的勇者了。

乾元也不是什麼大白菜，就比坤澤略多一些，這種隨隨便便的死法實在太過浪費，那兩族的長老心疼得無法呼吸，其他族長老也引以為誡。

甚至有心眼多的部族懷疑，虞塵就是屠氏特意搞出來的「誘餌」，用來拐騙自家不太聰明的莽夫乾元，騙去給屠黎洹揍著玩，簡直陰險至極。

聚會流程進行得很快，似乎一眨眼就到了最後的族長對擂環節，而正如屠黎洹所言，每位族長就像是約好了一般，不約而同地選擇他當對手——

除了終鶴贏。

屠黎洹要面對六名指定他作戰的敵人，而他主動要求對陣的終鶴贏，居然做了一個比避戰還不要臉的選擇。

「抱歉，我們尊敬的尊上，你提的挑戰很有危險性，我需要一點時間考慮。」終鶴贏那張陽剛的臉笑得跟朵菊花一樣，還樂呵呵地提議：「倒是其他幾位族長等不及想和你切磋切磋，不如你們先打幾場，我再給你答覆？」

聽到終鶴贏這話，誰不知道他是想拖著等屠黎洹狀態不佳再上？擺明就是想在不公平的環境下「欺負」這位年紀輕輕的魔尊，毫無前輩的尊嚴不說，還極其卑劣。

但對多數魔修來說，並不覺得終鶴贏的做法有何可非議的。

想方設法讓自己處在最有利的狀態下，這不是很正常的事嗎？

更可氣的是，其他族長一致認同終鶴贏的話，好心地「勸說」屠黎洹給終鶴贏一些考慮時間，先跟他們過幾招再說。

這幾人沒事先串通過，誰信？

「尊上，您……」虞塵在屠黎洹上陣迎接第一位族長前，忍不住湊到他耳邊想勸他別逞強，要是今天找不到機會收拾終鶴贏就算了，反正修煉者的命一個個都那麼長，日後有的是機會殺他。

可話到嘴邊他又說不出口了，因為他不想讓屠黎洹覺得，他對自家主人的信心不足，還沒上場就先唱衰，簡直是變相給敵人助威。

屠黎洹看著虞塵，其實不太明白他眼神中那種情緒是什麼，只是能隱約感覺對方的信引傳來一種急切又憂慮的氣味，讓他忍不住伸手摸了摸虞塵的後頸，彷彿在安撫他的情緒。

「我晚上要吃煎魚排，你得想辦法弄出來。」

面對這位明明要被圍毆卻一點也不緊張的主人，虞塵無可奈何地笑了。

「好，肯定給您煎最大尾的！」

屠黎洹滿意地點點頭，又輕戳虞塵額際幾下，這才轉身走入擂臺範圍。

「我準備好了……」

魔尊的氣勢一開，逼人的威壓與信引氣息頓時讓圍觀群眾跪趴成一片。

「哪個找死的要先來？」

對擂場面並沒有虞塵一開始擔憂的那樣嚴峻，幾名族長輪番上陣時，都沒有拚死一搏的氣勢，每個人和屠黎洹互碰幾招後就會自行找藉口認輸。

在那樣的狀態下，兩方可以說是才剛擦破皮就喊停，而屠黎洹為了保持體力，也不會對這些族長窮追猛打，在對方認輸後頂多補上幾拳就停手，同樣沒有趕盡殺絕的意思。

但虞塵沒有放心，反而越發焦躁起來。

這些人擺明就是在表演！

就在第六位族長「彬彬有禮」地認輸並離開擂臺時，本來面無表情的屠黎洹突然咳了一聲，還有一道血絲沿著他的嘴角緩緩流下……

此前的六場戰鬥，屠黎洹都應付得遊刃有餘，身上也不見多少傷勢，但此時卻驀的氣息陡降，額際流下道道冷汗，整張臉毫無血色，讓嘴角那抹殷紅更加顯眼。

「哇，尊上，你看起來不太妙哦？是哪裡氣血不順，還是受了什麼內傷？可千萬別逞強呢，年紀輕輕還有大好前程，莫在此損了根基，多讓人可惜！」

終鶴嬴此刻已經壓不住心緒，臉上寫滿了猖狂，生怕別人不曉得他聯手其他六位長老算計了眼前這名年輕的魔尊，盡顯陰險小人本色。

屠黎洹一雙紅眸裡透著不憤和些許慚愧，但一閃即逝，沒被任何人發覺……除了虞塵。

「尊上！」視線一刻也沒偏移的虞塵焦急地喊了出來，像是恨不得立刻衝到屠黎洹身邊，但又知道自己根本幫不上忙，只能站在那裡乾著急。

屠黎洹看向虞塵，朝他輕輕搖頭，接著又將視線從那六名長老似笑非笑的臉上掃過，最後停在終鶴嬴身上。

在迎戰到第三人時，直覺就已經朝他釋放警訊，可那股想要對終鶴嬴出手的執念終究影響了他的判斷力，忽略這些人一拳拳打進自己體內的氣息大有問題。

魔修因修煉功法的關係，本能地會對外來的能量產生吸收的衝動，屠黎洹也不例外，對於那些打到自己身上的「勁力」，身體習慣性地就吸納進去，等著稍後休息時調動調整，再將它們一一「消化」。

但他急躁了，想快點解決這六個人然後對戰終鶴贏，所以沒有注意這些人的力量明顯相沖；如果是一、兩人就罷，但剛好三對兩兩相沖的氣息就這麼按著順序擊入他體內，怎麼可能會是巧合？

這些人早計算好了，等他要面對終鶴贏時，體內相沖的力量就會失衡引爆，將他的氣息完全打亂。

在這種狀況下，他要是還敢對終鶴贏出手，能不能勝先別提，恐怕會先把自己給震出嚴重內傷來。

他現在該做的是盡快把這些力量內化，以免它們繼續在他的經脈中橫衝直撞、大肆破壞；至於轟擊出去的辦法，也不是不行，但操作難度比內化更高，一不小心還會二度反震自己，搞得傷上加傷。

屠黎洹感到慚愧，他居然就這麼走進一個如此明顯的陷阱中，只因為他總是懶得設想太多，以為自己只要實力夠強就能敉平一切困難。

要換作虞塵，肯定不會這麼魯莽……

不，不對，是自己還不夠強，才會遭人算計成功。

「終鶴贏，你到底打不打？」屠黎洹抹掉嘴角的血沫，哪怕氣息都開始紊亂，神情卻沒有分毫動搖，依舊殺氣騰騰地看著他此刻最想殺死的人。

「唉，你們可都看到了，這是尊上執意要給自己找不痛快，可不是我落井下石。」終鶴贏浮誇地攤手嘆氣，但踏上擂臺的腳步可沒有半分猶豫不決。「打就打，我今天就打得你乖乖跪下。」

終鶴贏像隻亮出獠牙的惡獸，面目猙獰地大笑道：「我會把你打得跪下，讓你這傢伙乖乖套上我給你的項圈，當我的坤澤哈哈哈！」

屠黎洹卻像是沒聽到如此羞辱人的開戰宣言，只是朝急得快衝上來的自家大狗子淡淡說道：「虞壘，退遠點……至少二十尺。」

虞壘不知道屠黎洹想做什麼，身體卻是對主人唯命是從，在腦袋反應過來前就已經快步後退，硬是擠開圍了一圈又一圈的觀眾，來到距離主人二十尺外的地方。

其他人跟虞壘一樣，都沒反應過來屠黎洹有何意圖，但他面前的終鶴贏和那六位族長齊齊心有所感，連忙異口同聲大喝：「快退！」

來不及了。

一股令人膽顫的殺意瞬間鋪開，接觸到的人全都發出淒厲的尖叫，眼前似乎出現一幕幕屍山血海，而自己不過是在其中載浮載沉的一塊爛肉。

《魔神造化功・荒祭血池》

被殺氣籠罩區域內的人，氣血竟在眨眼間被吸乾，變成一具具皮肉貼骨的乾屍！

而那些被汲取的氣血則一口氣全納入屠黎洹體內，讓他原本有衰弱趨勢的氣息暴漲數倍，強烈到離他最近的終鶴贏都感到呼吸窒礙的程度。

此時的他可不是不想逃，而是屠黎洹寧願浪費部分氣血，也要用它們塑成一股牽制住他的能量，將他牢牢釘在擂臺之上。

「屠淵！你瘋了嗎！你這是在和所有部族為敵！」

終鶴贏奮力掙脫那些氣血凝聚成的束縛，看著遍地屍首也有點慌了，沒想到眼前這名魔尊會幹出這麼瘋狂的事。

這些人裡可有一部分是屠氏自己人，但他照樣煉祭不誤！

「不瘋，當個屁的魔！」

屠黎洹的笑容染上一絲罕見的邪性，雙頰浮起腥紅的魔紋，在他一呼一吸之間居然開始改變形貌，紋路變得更加繁複瑰麗，將他那張臉映襯得美豔至極。

現在，他夠強大了。

「你、你冷靜點！這樣強行晉升會失控的！這局算我輸、我輸了！我向你道歉！你還要什麼賠禮，我都能給！」

終鶴贏看出屠黎洹居然當場吸納氣血沖擊關竅、試圖強行晉升位階，徹底被他的狠戾懾服。

他不只被屠黎洹的威壓打敗，對方那狂躁至極的信引也快嗆死他，可怕到讓他的身體都放棄抵抗、放棄身為乾元的驕傲，認輸認得那叫一個痛快。

這不是屈辱的服軟，是最基礎的求生本能！

但屠黎洹的眼裡似乎只剩下滔天的殺意，沒有其他情感，瞬間閃身至終鶴贏面前，將手直接插入他的胸膛——

「我不要道歉，我要你的命！」

唰一聲，屠黎洹抽回的那截手臂染滿鮮血，掌心上還握著一顆不斷跳動的心臟。

終鶴贏連叫喊都來不及發出，表情還僵在被屠黎洹一掌穿心的那一刻，充滿無盡的驚懼。

屠黎洹隨手扔掉那顆心臟，抬起頭掃視四周，似乎在尋找什麼，幾秒後才停頓在某個方位。

駭人的威壓逐漸散去，但滿布四周的屍骸可不會消失，空氣裡依舊瀰漫著令人作嘔的濃郁腥味，那全是屠黎洹來不及吸收的氣血，就這麼浪費掉了，卻也無人敢上前分一杯羹。

所有僥倖逃過魔功煉祭的人都是能跑多遠就跑多遠，唯獨一人逆著方向前行，奮不顧身地朝屠黎洹奔去。

「尊上！」

屠黎洹一直看著虞塵跑到自己身邊。

他看著對方脆弱的肉體凡胎頂著殘存的魔氣，哪怕身體本能地因恐懼而瘋狂顫抖，前進的腳步卻沒有一絲動搖，艱難地跨越七橫八豎的屍體，也堅持要來到他身邊。

不退，就算是面對魔修之尊，他這弱小的凡人也不退。

「你怎麼就不怕我呢……」

屠黎洹低喃著，強行突破的身軀開始搖搖欲墜，朝虞塵懷裡倒去。

虞塵慌忙接住屠黎洹癱軟的身子，耳邊就聽到那熟悉的、帶著固執但又單純得可愛的嗓音。

「我打贏了……要吃煎魚排……」

「……好，要吃什麼都做給你。」

「不好吃……就殺了你……」

「好，都依你。」

第九章：增進人與人的連結就靠一張嘴

屠氏部族的營區裡一片冷清，除了自己人都刻意遠離正中心那座臨時草棚之外，也跟部族裡少了一批人有關。

好吧，大抵所有部族都是類似的情況，下午那場可怕的煉祭之後，幸運點的部族就少三分之一的人員，倒楣點的是超過一半以上的隨行者都成了乾屍一具。

此時已是深夜，但部族的族長與眾多長老還在焦頭爛額地協商著，該怎麼處理那場驚世駭俗的擂臺賽後續。

對魔修來說，煉祭也不是什麼太罕見的事，但像屠黎洹這樣二話不說就直接開招的人，大家是真的怕了。

萬一這位魔尊一個心情不好，就晃去哪家部族領地，直接把人全煉了該怎麼辦？

又不是沒聽說過某些瘋魔的前輩，修行煉祭術是以一個下層小世界當單位在吸收血氣的……

更可怕的是，屠黎洹還當場晉升，沒直接爆體而亡，這讓誰還敢對這位魔修之尊的能力有所質疑？

屠黎洹的舉動本該惹來眾怒，屠氏也少不了要做出各種賠償，但實在是沒人敢再觸魔尊的霉頭，而其他部族族長也自認這件事他們需負一部分的責任，所以——

各族此次的損失，就交由已經沒了族長的終氏一肩扛下！

可以，這很魔修。

只不過，此刻的紛擾都與屠黎洹無關，這位魔尊退場後就回到自己的棚子裡休息，除了貼身照顧他的那位乾元奴僕，沒人可以靠近他；大家也著實不想接近一個剛大開殺戒過的魔頭，不如等他徹底冷靜下來再說。

虞塵剛給屠黎洹送去泡澡用的浴桶，感覺有些心緒不寧，卻又無人可以替他分擔，只能像在生悶氣似的，一個人默默蹲在棚子外的空地添柴燒水。

屠黎洹強行突破的過程看似頗為輕鬆，而後也不見他瘋魔暴走，想來應當是晉升得很成功才對。

可陪在他身邊的虞塵，卻能清楚感覺到對方的氣息依舊紊亂未平，精神也有點恍惚，總是說幾句話就突然頓住，像是累得打瞌睡一樣，連飯都沒吃幾口就說沒食慾，只想歇一會兒再說。

這讓虞塵腦海裡始終縈繞著歆遙說的話，混亂的心緒便又更加焦躁難平。他並沒有意識到，自己的氣息也比往日都要躁動不安。

「唉，我想這些有個屁用？我是能幫他什麼？我就是個半點修煉知識都不懂的廢物……」虞塵自暴自棄地呢喃著，伸手舀起幾瓢燒到滾燙的水倒入腳邊的小桶，準備進去給屠黎洹添些新的熱水。

磅！

一聲巨響自草棚裡傳出，虞塵嚇得一跳，連忙衝進棚子裡，卻見浴桶不知何時已經翻覆在地，熱水流得到處都是，用竹片臨時鋪設的地板更溼得一塌糊塗。

而本來在浴桶中泡澡放鬆的屠黎洹正癱坐在地，一頭銀髮被打溼，凌亂地貼在赤裸的身軀上，白皙的肌膚遍布著腥紅的魔紋，且覆蓋面積比虞塵記憶中的還要大上許多，甚至還在一點一點擴張中。

「尊上！」

虞塵連忙扯來一件袍子包住屠黎洹溼漉漉的身軀，將他一把抱到旁邊的床鋪上。

屠黎洹此時已經神智不清，卻又伸手扯開身上的衣袍，嘴裡不斷唸道：「好、好熱……」

好熱？水太熱泡昏頭了？虞塵不明所以，伸手去摸屠黎洹的額頭，這才發現對方的體溫高得嚇人，比他方才準備的熱水還燙手！

只見屠黎洹掙扎著甩脫袍子，身上的魔紋還在浮動，紅眸裡一片迷茫恍惚，驀地看向虞塵，隨後整個人撲了過去。

虞塵一個普通人如何跟得上屠黎洹出手的速度？反應過來時人已經被按趴在地，耳邊傳來屠黎洹粗重的喘聲，緊接著便感到後頸一痛——

「啊！」虞塵發出半是吃痛、半是憤怒的吼聲，就感覺後頸的信引處被注入了什麼，瞬間讓他整個人暴躁狂亂起來。

——**這他媽是、是把我當坤澤標記了嗎！**

體內忽然出現另一名乾元的信引，這讓虞塵猛然產生一股前所未有的怒意，更讓他想起當年被逼著套上嘴套的記憶，激動得渾身發抖，轉身爆發出前所未有的力氣，將咬著他的屠黎洹一把撞開。

屠黎洹倒是沒被這點力量碰出什麼傷，只是迷茫地抹了抹嘴邊的血，在嘗到另一股乾元信引時徹底驚醒，錯愕地看向站在他面前的虞塵。

此刻的虞塵並未脫去面罩，但能明顯從眉眼間看出他的怒意，還有某種屠黎洹無法辨明的情緒。

他一手按著後頸，整個人微微顫抖著，視線凜冽地瞪著屠黎洹，那往日很少被激發的信引變得強烈無比，和屠黎洹的氣味混在一起，濃郁得令人窒息。

然後他閉起雙眸，又做了幾次深呼吸才緩緩睜眼，說道：「尊上……您還好嗎？」

屠黎洹一時間竟對虞塵那充滿壓抑的嗓音感到一絲後怕，可再度湧上的混亂血氣又讓他的意識瞬間潰散，只能艱困地開口應道：「我……需要……爐鼎……力量快要……壓不住……」

看著屠黎洹似乎又快暈過去，虞塵的怒意頓時散去大半，匆匆說道：「我去給您找一個！馬上就回來！」

這趟聚會，部族當然不會帶著珍稀無比的坤澤出門，但平時當作備用的中庸總會捎上幾個，免得出行的乾元們臨時想採補卻沒爐鼎可用。

虞塵趕著去給屠黎洹找一個備用爐鼎，但剛轉身就被對方拉住衣袖，不得不停下腳步。

「不可……信引不匹配……無用……」屠黎洹試圖解釋自己這狀況要是隨便採補，反而會更加嚴重，卻說得虞塵更加焦急。

「一定要匹配才行？但歆遙不在這裡啊！」

虞塵急得像熱鍋上的螞蟻，眼見屠黎洹雙眼一翻，似乎隨時會失去意識，方才發生的事又閃過他眼前。

屠黎洹在咬著他後頸時，明顯透過血液和唾液與他交換了信引，但此舉除了讓自己感到憤怒之外，並沒有更多異狀，甚至還因此讓屠黎洹清醒了一小段時間？

不，不只是憤怒，交換信引的當下，還有一種讓他渾身血液都沸騰的——

興奮！

他忽地俯身壓住屠黎洹，並推開他的雙腿一看，暗道一聲：果然！

屠黎洹此刻渾渾噩噩，體內的氣血亂成一鍋粥，根本抵抗不了虞塵的動作，隱約間感覺自己的手被牽起，似乎是被脫去指環，耳邊同時響起熟悉的扣頭解鎖聲，然後就是一股燙人的熱度覆上他的性器——

「嗯！」

屠黎洹身子一繃，不知何時已起了反應的性器被熱燙的唇舌包覆，然後一點一點深入溼軟的口腔中，被信引濃郁的唾液沾滿柱身，前端的小孔也立刻跟著沁出滿載信引氣息的精水。

「不、不可以……」屠黎洹又恢復些許神智，可喊出的聲音卻無半點嚇阻作用，還感覺自己雙腿被向上一抬，膝窩架在對方肩頭上，腰肢也被牢牢扣住，下半身頓時被徹底箝制。

他艱難地支起身子，就見英俊的青年將臉埋在他雙腿之間，努力吞吐著他的性器，含不到的部分就用手指套弄、揉捏，動作仔細又溫柔，沒讓牙齒刮碰到敏感的肌膚，而是不斷用靈巧的舌肉打圈或上下刷動，讓他舒服得渾身無力，再度倒回床上。

虞塵觀察著屠黎洹的反應，開始逐漸加快吞含的速度，而口中嘗到的信引氣味也讓他變得更加躁動難耐，身體跟著散發出一股充滿侵略感的威壓，朝屠黎洹蔓延而去。

被盈握的腰肢不安地扭動起來，嘴裡的信引氣息越發濃烈，虞塵抬眼看向屠黎洹，就見對方正好也望了過來，覆著情慾的紅眸誘人無比，翕動的唇瓣吐出一聲聲挑逗的低喘，像是在對他懇求著什麼。

沒關係，就這麼射進來。

虞塵的眼神是這麼說的，身體也是這麼做的，直接掐緊屠黎洹的腿根讓他動彈不得，然後將性器吞至幾乎觸及喉頭的深度，毫無猶豫地迎接對方的釋放。

「咕嗯！」

屠黎洹驀地挺起下腹，雙腿不由自主地夾緊虞塵的頸子，灼燙的暖流一股腦地注入對方口中，一顫一顫地射了好幾秒才停下。

緊掐著下半身的力道終於放鬆，有過一次短暫高潮的屠黎洹神智逐漸清明起來，耳邊聽見斷斷續續的嗆咳聲，抬眼便見虞塵正抹著嘴，還有些許濁液牽連在嘴角上，將他那張俊臉染上一絲情色。

好不容易將那些精水嚥下肚，虞塵這才發覺屠黎洹正露出罕有的驚愕神情，一臉震撼地看著他，似乎不敢相信他方才做了什麼。

此刻，在虞塵眼裡，屠黎洹平時的傲氣與威嚴盡失，只剩下令他心癢難耐的嬌媚，泛起水氣的紅眸透著些許無助與慌亂，讓他腦中奔騰過無數邪念，必須費盡渾身力氣才能把它們壓制下去。

他就這麼吞下另一名乾元充滿信引的體液，但本能該產生的怒意卻被另一種更強烈的情緒取代——

我想，征服他！

虞塵輕輕晃了晃腦袋，逼自己甩開那種毫無理智的想法，努力平復情緒後才柔聲問：「尊上，您……您好點了嗎？」

「你、你……」屠黎洹被虞塵這可說是驚世駭俗的舉動驚得話都說不清，支支吾吾半晌才像是猛地想起什麼，焦急地問：「你還好嗎？」

我？我怎麼了？虞塵被問得一頭霧水，正想開口，一股強烈的暈眩感卻猛地襲來，讓他搖搖晃晃地向前一撲，直接趴倒在屠黎洹懷裡。

「你、你真是！」屠黎洹的口氣像是氣極了，但捧起虞塵的臉時卻又小心翼翼，看著他那恍惚的眼神大罵道：「你找死嗎！根本沒有凝聚精元就和我交換信引，是會被我直接採補生命力的！你是打算少活幾年嗎！」

「啊？這是口一個就會減壽的節奏嗎？簡直爽到要人命了……」虞塵大概是暈

過頭了，直接把內心OS都講出來，好在屠黎洹權當他是狀態不好在胡言亂語，也沒認真聽他說了什麼，還在那裡繼續怒罵。

「你不是老說自己不想死嗎？那你還敢幹這種事！你簡直——」

「尊上、尊上！」

虞塵連忙打斷越罵越激動的屠黎洹，有些委屈地道：「您方才那樣子都嚇壞我啦，我怎麼可能放著不管？要是您真的出了什麼事，我、我……」

屠黎洹氣惱地瞪著虞塵，就想看他還能說出什麼天花亂墜的辯解之語，但方才稍有平息的氣血又紊亂起來，讓他頓時又是一陣頭暈目眩，身子軟綿綿地倒回床上。

「啊？剛剛那樣還不夠嗎？尊上、尊上？」虞塵慌慌張張地追問，伸手替屠黎洹擦去額際流下的道道汗水，紅著眼眶道：「您別嚇我，求求您了！」

屠黎洹看著虞塵，似乎終於弄清那種他始終看不懂的眼神，叫做「關愛」。

他一個生來就被族人寄予厚望的修煉天才，小小年紀就入魔殺生的殘忍魔修，一路走來不曉得踏過多少條人命的魔頭，別人看他的眼神從來都是仰望、恐懼、嫉妒、厭惡……

為什麼會有人關愛他這樣的人呢？

「夠了……」屠黎洹撇過頭，不想承受如此的炙熱眼神，但想到虞塵那充滿無助的懇求，又忍不住安撫似地說道：「我已經好多了，再休息會兒就好。」

不料，屠黎洹話才剛說完，雙腿又被虞塵扣住，眼角餘光見對方又打算重複方才的舉動，氣得抬腳就踹。

「虞塵！你想氣死我嗎！」

「你才想氣死我吧！」

屠黎洹被虞塵這突如其來的怒罵給吼懵了，就聽對方氣沖沖地訓道：「還騙我歆遙說的話是胡扯？分明就是你這次為了打死終鶴贏那畜生，修煉時躁進了！臨時突破也是，就因為忍不住那口氣，居然拿自己的命開玩笑，搞屁啊！要不是打不過你，我真想把你吊起來抽一頓！氣死我了！」

頭一次見識到虞塵發火，屠黎洹居然感到一絲心虛，但還是梗著脖子堅持道：「反正、反正你不准再做剛才那種事，那會耗損你的壽命……」

「我一個肉體凡胎，命本來就不長，不差那幾年啦！」

虞塵猛地抓住屠黎洹雙腿，又將人朝自己的方向拉近一截，把他的雙腿夾在脅側，一手套弄起他洩過後還半硬著的性器，讓他頓時又舒服得無力反擊。

「你、你快停下……」

「聽話！」

虞塵此刻的強硬竟讓屠黎洹心底升起一股莫名的騷動，鼻腔裡嗅聞到的信引明明是那樣地熟悉，卻又能從中品出過去不曾感受過的霸道與狠戾，並和自己的氣味交融在一起。

他本該厭惡另一名乾元的氣息，可從虞塵來到身邊的第一天起，他就發現自己無法討厭他的味道。

他們彼此都知道這不太正常，卻又默契地不去探討這件事，彷彿它理應這樣存在。

而此刻，屠黎洹發現自己不但不討厭虞塵的氣味，甚至在對方強勢地想用信引壓制自己時，身體竟感到一絲絲的……興奮。

這到底是怎麼回事？

屠黎洹想不明白，卻也無心繼續思考這個複雜的問題，因為從下身傳來的快意太過強烈，讓他的思緒都飄忽起來。

明明在採補歆遙時，身體也會因為交媾的過程而感到暢快，但此時和虞塵做出這種事，體內湧上的快感卻強烈了無數倍，讓他根本無法停下。

「嗯、哼嗯……」

感覺溼熱的舌肉不停舔舐著最敏感的頂端，屠黎洹不由自主地發出甜膩的鼻音，一腳無意識地在虞塵身上蹭動，期間似乎掠過什麼硬物，讓跪在他雙腿間的虞塵狠狠一震。

然後他就感覺自己的腳踝被抓住，引著他的腳去碰那個又硬又燙的物體，用柔軟的腳底板摩擦它，或用腳趾來回輕踩。

那是、那是……

屠黎洹聽見虞塵發出舒服的嘆息聲，被抓住的腳忍不住一顫，趾尖頓時被那硬物猛頂幾下，還有一點溼潤之感在腳底抹過……

我要殺了這混蛋！屠黎洹又羞又惱，卻終究沒把這話喊出來，腦子裡只想著為什麼這傢伙的舌頭這麼「可怕」？居然舔得他腰腿痠軟，嘴裡不受控地吐出臊人的呻吟，完全沉浸在快感中，無法自拔。

虞塵也沉醉在屠黎洹這副意亂情迷的模樣中，欣賞著對方的身體因為自己的舔弄吸含而發顫、抽搐，還有那些因情緒或慾火高漲而浮現的魔紋，在情潮的渲染下變得更加豔紅，將本就迷人的身段勾勒得性感無比。

「嗯啊！」

帶著些許哭腔的吟叫傳來，屠黎洹這回射得更多，來不及吞下的精水沿著虞塵的嘴角滴落，沾溼了他的衣領。

而看著屠黎洹高潮的模樣，虞塵也忍不住跟著釋放，熱燙的精液激射在那隻白皙修長的腳上，噴得那小巧如珠的腳趾間一片溼黏，好不淫靡。

有了莫名契合的信引做交換、又從中吸納新鮮旺盛的生命力，屠黎洹體內差點暴走的氣血總算穩定下來，幾次調息後終於讓他恢復氣力，第一件事就是想起身抽死他那條膽大包天的狗子。

罵他一頓就算了，還敢拿他的身體替自己……

屠黎洹坐起身，這才發現虞壓就這麼抱著他的腰昏睡過去，兩人身上都是一片溼黏髒亂，可他卻沒心思注意這些，因為他終於看到虞壓後頸上的咬痕，想起今晚這一切混亂的起始是誰造成的。

「……該死。」屠黎洹咬牙罵了聲，發現自己才是更混蛋的那個。

他怎麼能對虞壓做出這種事？

這比給他戴上嘴套更可惡！

他顫顫巍巍地碰了下虞壓後頸上的傷口，後者似乎有所感，身子不禁一抽，雖沒清醒過來，但眉頭卻皺得都陷了下去，一張俊臉寫滿了痛苦與不適。

這模樣讓屠黎洹心疼得要命，早沒了要狠狠教訓這傢伙一頓的想法，欠身抱住虞壓的頸子，將頭輕輕抵在對方額際，最後悄聲一嘆。

有些事已經逃避好多年，是時候拿出來好好思量一番了。

第十章：舔狗一時爽，一直舔一直爽？

已經回到屠氏地盤好幾天，但虞塵一回想起那一晚發生的事，就還是陣陣後怕。

媽耶！我這是鬼門關前走一遭啊！

他也不明白自己當時怎麼有勇氣幹出那種事，只能合理懷疑是被咬那一下給激怒後，理智當場斷線的後果。

去他媽的破爛ＡＢＯ世界觀，所有人都是信引的奴隸！我怎麼就、就對老婆動手動腳了！

但更讓他忐忑不安的是，屠黎洹至今都沒因為那晚的事情找他秋後算帳，表現得像是根本忘了這回事，兩人的互動跟以往相差無幾。

好吧，還是有差別的，屠黎洹現在不喜歡虞塵隨意觸碰他了，隔著衣物時還不明顯，要是直接肌膚相碰，他就會悄悄躲開，不讓虞塵繼續接觸。

完了，這絕對是被當成色狼的節奏！

虞塵心中一片苦澀，也不曉得自己到底是盼著屠黎洹揍他一頓，還是就此揭過這件事然後重修舊好，又或者乾脆氣得把他殺了……

反正快點把刑期判下來吧！他焦慮得都開始掉頭髮了！

不過那一晚的屠黎洹真的太、太……

「不能想！再想又要幹蠢事了！」

虞塵抽了自己兩巴掌，又覺得這樣還不夠，轉身用頭撞了來福的屋棚好幾下，把額頭都撞紅了才停住。

大半夜被虞塵抓著一起賞月的來福，臉上寫著「大狗子也吃壞肚子了嗎？」一行字，看著人的眼神滿是同病相憐的悲憫。

吃壞肚子就是這樣，痛起來只想一頭撞死自己。

雖然虞塵總在心裡自得其樂地宣示主權，偶爾不要臉地利用屠黎洹的單純吃點擦邊球的豆腐，但這麼多年來，他真的沒想過要對屠黎洹做出什麼實際行動。

他們活在同一個世界，可又不是同一個世界的人。

註定天差地別的人生軌跡，讓虞塵從來不抱更進一步的想法，只覺得能靜靜地守在屠黎洹身邊，就已經心滿意足。

他倒不覺得這是多麼「卑微」的心態，不過是實事求是罷了。

在如此危險又殘酷的世界裡，他這個隨時都可能因各種意外禍事秒死的弱小凡人，活著的每一天都能待在喜歡的人身邊、成為對方生活中的一個小點綴，不是已經挺不錯了嗎？

他還要奢望什麼？屠黎洹也對他動情？

那當然是不可能的事，畢竟人家是拿他當狗養，又不是當老公養。

我，虞塵，品種「舔狗」，我單相思我驕傲！

更別忘了這世界還有「屬性」這回事，他這個詭異的穿越者或許是變種了才腦子不正常，對另一名乾元產生愛慕之意，但屠黎洹是名正常又健康的乾元，怎麼可能做出違背生物習性的行為？

設定都說了：倆乾元是不可能湊對的！一山不容二虎，懂嗎！動心？那動的肯定是殺心。

「來福，你說我是不是該改名叫『旺財』，才不會一天到晚胡思亂想？」

「嗚吼？」

「對啊，狗子就該叫狗子名，才不會把自己當人。」

他就是屠黎洹養的狗，十二年前是、十二年後還是，是寵物就要有寵物的認知，怎麼能對主人有非分之想呢？

「啊！不想了，趕緊去睡！」

虞塵起身揉了揉來福的腦袋，又到寵物樓裡巡視一圈，這才回到屋裡，躡手躡腳地繞過屠黎洹的寢室，爬回自己的小床上繼續睡覺。

那偷偷摸摸的態度，像極了應酬太晚回到家，又不敢吵醒臥房裡的老婆，只好跑去睡沙發的男人。

虞塵在床上輾轉反側，好不容易才累積起睡意，就有什麼東西摸上他床鋪，然後一屁股坐在他身上，壓得他瞬間清醒。

「呃……是誰……」虞塵揉揉雙眼，試圖在這烏漆墨黑的房間裡看清身上的人影，不過即便他雙眼看不出來，對方身上的氣味也清晰無比，讓他不可能錯認。

「尊、尊上？」

屠黎洹此時就跨坐在虞塵身上，銀髮凌亂地披散在肩頭，身上只穿著件輕薄的單衣，未繫緊的衣領敞開，露出半片白皙的胸膛。

「我想不明白。」

「……嗯？」

屠黎洹抱著手，口氣略顯焦躁地說道：「我想好幾天了，想不明白為什麼兩個乾元的信引可以匹配，這不合理。」

虞塵愣愣地坐起身，終於看清屠黎洹的臉，還有那副因為不甘心而鼓起頰的表情，只覺得心臟遭到萬噸暴擊，忍不住捂著胸口，垂頭喃喃自語：「完蛋，我連

『夜襲』的劇情都夢得出來，已經飢渴到沒救了……」

「說什麼呢？」屠黎洹雙手按住虞塵的臉，把他轉過來面對自己。「你就不想弄明白這問題嗎？」

貼在臉頰上的溫度是如此真實，虞塵打了個激靈，這才意識到自己不是在作夢，連忙應道：「我、我當然也想知道！但我懂的事情太少了……」

我老婆！上我的床了！天啊！

屠黎洹聽不見虞塵到底在心裡偷喊什麼，見他一臉激動又慌張，就當他也對此問題感到相當苦惱，不耐煩地砸著嘴，又開始沉思起來。

當晚他有半數時間都神智不清，不過某些過程並沒有遺忘，關於虞塵和他的信引可以順利交融、甚至對彼此產生「慾望」的情形，他想破了頭也找不出可以解釋這一切的答案。

再者，這問題也跟修煉大有關係，那他這個「天才」怎麼會想不通？好氣。

虞塵看著屠黎洹那副暴躁又可愛的樣子，忍不住伸手輕輕摟住近在咫尺的纖腰，見對方居然沒有閃躲，便更加大膽地摩挲起來。

「你幹麼……」屠黎洹終於發現某人的鹹豬手正在犯案，氣惱地想喝止對方，可腦海裡卻浮現那一晚的情景，讓他忍不住顫抖起來。

為什麼被碰觸到就會有這種反應！

好、氣、啊！

虞塵食髓知味地坐起身湊上前，卻也不敢真的做出太過分的舉動，只是將人摟住後，臉輕輕蹭著屠黎洹頸側，嗅聞他散發的信引氣息，並感到一陣舒心與幸福。

「不知道為什麼我們的信引會匹配，但我真的很喜歡尊上……尊上的味道，第一次聞到時就很喜歡了。」

虞塵能清楚感覺到懷裡的人在顫抖，知趣地放手退開，苦笑道：「不過，我本來就是個怪怪的乾元，但尊上不一樣，您肯定不能接受我的味道……我以後絕不會再隨意觸碰您了。」

見到虞塵滿是失落的神情，屠黎洹欲言又止，突然悄聲說道：「到底匹不匹配，其實還有待驗證……」

然後他抬起頭，紅眸裡透著堅決，按著虞塵的臉說道：「再試一次！我一定要搞明白這問題！」

「嗯？您說什麼、嗚！嗚嗚！」

柔軟的唇瓣忽地覆上自己的，虞塵還來不及反應，唇齒就被對方的舌尖撬開，嘗過一次就令他難以忘懷的信引氣息鑽入口中，讓他感覺身體瞬間就躁動起來。

屠黎洹其實一點也不擅長這種事，在採補歆遙時更不會有這般舉動，只是笨拙地伸著舌，想多沾染一些虞塵的味道，似乎不把這當作親吻，而是某種他自認最便於交換信引的方式。

但在接觸到虞塵信引的那一刻，無法理解的強烈悸動敲擊他的胸腔，讓他只想再嘗到更多對方的氣息，忍不住又將嘴張大了些，啃咬起虞塵的唇角。

然後他就感覺自己腰後一緊，整個人被虞塵向前一摟、撲坐進對方懷裡，比他更為靈巧的舌尖鑽入口中，強勢奪過這場深吻的主導權，張狂地掠奪起他的呼吸，吮舔他的舌肉與唇瓣，把他親得頭暈目眩起來。

「嗚、等等、嗯……夠了！」

屠黎洹推開虞塵，捂著嘴低喘半晌才道：「你別突然、突然……你別胡鬧，我必須小心控制，才不會攝取到你的生命力。」

虞塵看著屠黎洹那閃躲的眼神，只覺得心癢難耐，但也明悟對方比自己料想得還要純情太多，這便努力壓下想趁機占人便宜的想法，小心翼翼地探詢：「尊上，您這是想……讓我陪您做些試驗，是嗎？」

「嗯……嗯，對，做些試驗。」

屠黎洹點點頭，故作鎮定地續道：「你以前問過我，為什麼修煉非要用爐鼎不可，主要是因為……《魔神造化功》練到魔尊境中期後，很容易氣血暴動、情慾紊亂、失神喪智，而採補和自己信引相配之人的精元，可以有效地疏導這混亂，不至於走火入魔；信引不匹配者，會導致疏導的效率低落，得以量補足。」

虞塵認真聽完，終於對這些魔修的修煉功法有了基礎概念，但腦海裡卻又忍不住跳出一個有點荒謬的推論。

氣血暴動、情慾紊亂、失神喪智？這種形容怎麼像極了……

被迫發情！

所以這什麼《魔神造化功》練到後面，其實是會讓乾元這種屬性的人，都產生異常的被迫發情狀態，所以需要找個爐鼎好好肏一頓才能恢復正常？

然後這功法還會越修煉、症頭越嚴重，擺脫不了動不動就得跟爐鼎打炮的負面狀態，變成一名「荒淫」的魔尊？

虞塵感覺自己可能摸到了真相。

簡玲泠，妳這什麼惡趣味的設定啊！

讓 Alpha 被迫發情是哪招！妳腦洞咋就那麼大呢！

已經十來年沒在心裡問候這位大姊的虞塵唏噓不已，又聽屠黎洹道：「但從來都是乾元修煉魔功、坤澤作為爐鼎，未曾聽過有乾元能被當爐鼎採補……」

「尊上，您就告訴我，咱們交換信引，對您的修煉是否有礙？」

「這倒是不會……」

虞塵笑了笑，將臉埋入屠黎洹頸窩，輕吻著他後頸處的腺體，低喃道：「既然無礙，就別想太多了……總之，您若不嫌棄我的味道，就多嘗些；您要不喜歡，讓我滾遠點便是。您知道我很乖，最聽您的話了。」

屠黎洹被那話尾的撒嬌說得心頭一軟，猶豫地抬起手環抱住虞塵，不太肯定地道：「我、我不知道……」

虞塵算是明白了，屠黎洹就是個把情慾當作功法的副作用、把跟爐鼎做愛當成練功環節的「真・純情魔尊」，即使兩人有了親熱之實，腦子裡卻還在想著這件事的合理性，而不是他們之間的關係會有何變化。

他真的太純了，純到讓虞塵發狂。

「您會討厭我這麼做嗎？」

虞塵邊說邊將吻落在屠黎洹頸側，然後下滑至鎖骨，在敞開的衣襟處輕舐幾下，雙手則有意無意地揉按著對方的後腰，帶起陣陣衣物摩擦的聲響。

「不、不討厭……」屠黎洹感覺虞塵的信引又濃烈起來，心裡卻沒產生任何反感與敵意，反而興奮起來，忍不住也蹭起虞塵的身子，想得到更多接觸。

虞塵知道自己根本就在欺負對方懵懂無知，卻還是無視那股罪惡感，循循善誘地道：「不討厭，就多做點……我會讓您很舒服的，就像那天晚上一樣。」

大概是想起那一晚無心傷了虞塵的事，屠黎洹又起了一點抗拒之意，但緊接而來的快意讓他忘了那一切，身子軟倒在榻，任由虞塵揭開他的衣袍，親吻撫觸他的身軀。

「唔！」屠黎洹渾身一繃，在虞塵舔咬他乳尖時低喊出聲，扯著虞塵的髮絲像是要把他拉開，但又主動挺起身，引著對方去舔弄最讓他感到舒服的位置。

虞塵一邊吸吮小巧柔軟的乳首，一邊去揉來不及照顧的另一個，很快就把它們弄得漲紅翹起，敏感得多碰一下、屠黎洹就會嚶嚀一聲。

我老婆真是可愛死了！虞塵只敢在心中吶喊，雙手把玩著那兩顆小凸起，親吻一路蔓延至屠黎洹下腹；看著他白皙的肌膚開始浮現魔紋，便曉得對方已經成功被自己撩撥了。

「你、等等……」

屠黎洹突然掙扎著起身，伏趴到虞塵雙腿間，輕聲說道：「我還沒……試過這邊……」

他邊說邊扯開虞塵的褲襠，眨著眼觀察了一下，又抬頭看向虞塵，像是在用眼神問他：我能嘗一口看看嗎？

純情，但又很樂於嘗試……這什麼極品老婆啦！

念及此處，虞塵的氣息粗重起來，忽地扛起屠黎洹的身子，在後者的驚呼中，把兩人擺弄成上下顛倒的姿勢，然後笑道：「這樣大概就是……更徹底的交換吧？」

屠黎洹還有點懵，整個人趴跪在虞塵身上，但方向卻是反過來的，眼前只能看到他雙腿間已經微微硬起的性器，正想問他所謂「更徹底的交換」是什麼，自己的下身就被對方張口含住，舒服得差點軟倒。

哦，懂了。

身下傳來淫靡的吞嚥聲，屠黎洹又是一陣羞赧，心裡想著「這傢伙哪裡學來這些事」，忐忑地伸舌輕舔一下貼在面前的肉棒，果然嘗到更加濃郁的信引氣味，不禁微噘起脣瓣，貼著頂端的小孔吸吮幾口，讓虞塵的味道徹底充斥整個口腔。

這豈止是不討厭？簡直是越嘗越喜歡。

昏暗狹小的隔間裡，兩具慾火高漲的肉體就這麼交疊在一起，在逼仄的木板床上相互吞吐彼此的勃發。隱忍的低喘、被褥的摩擦聲、情色的水聲……種種淫靡的聲響此起彼落，與徹底交融的信引氣息一般，混雜出令人迷醉的愛欲氛圍。

虞塵吞含性器的同時，又食髓知味地撫摸起屠黎洹的腿根與臀肉，在浮現魔紋的白皙嫩肉上捏出一道道指痕，心裡忍不住想……

這哪是什麼魔紋？就該改叫「淫紋」才對，有夠色！

他大著膽子向上舔舐，越過根部與肉囊，在緊縮的穴口周圍舔弄幾下，趴在身上的屠黎洹立刻身子一顫，似乎還聽到他說了句「別碰那邊」，但嗓音又軟又甜、含糊不明，虞塵自是充耳不聞，繼續進攻。

「唔、你不要、哼嗯……」屠黎洹吐出口中的肉棒，被後穴傳來的酥麻之意弄得渾身無力，對這股從未體驗過的詭異感受有些氣惱，只想叫虞塵停下，卻又難以自抑地陷入快感中，躁動難耐地晃起腰來。

他感覺溼熱的舌肉不斷刷過敏感的後穴周圍，接著竟開始試著擠入穴口，帶著信引的唾沫也隨之沁入，讓他瞬間癱軟，趴在虞塵身上低喘不止。

虞塵索性雙指抵在臀縫間，將緊縮的穴口撐開些許，舌間鑽入柔軟的內壁中，淺淺抽動起來。

「不、嗚嗯、不要那樣……嗯嗯！」

屠黎洹被虞塵舔得雙腿都在打顫，也搞不清楚是異物入侵造成的刺激，還是他人信引進入體內的影響，抑或兩者皆是；他感覺身體彷彿不停被電流鞭笞，只能難受地扭著腰想躲開，卻又被虞塵牢牢掐住，無力掙脫。

然後他就聽見對方帶著笑意的嗓音傳來，說道：「尊上，原來您這裡也會溼呢？真可愛……」

混帳！屠黎洹想大罵，可一開口就成了挑逗的吟叫，只能咬牙隱忍，但又被一波波逐漸加強的快意沖散了理智，更忍不住再度張口吞含面前那根流淌著濁液的肉棍，貪婪地品嘗著滿是虞塵氣味的精水，徹底沉醉在這場越發深入的「交換」中。

信引的催發和情慾高漲帶來的衝擊，也讓虞塵在這一刻甩脫了過往的堅持，把那些用來說服自己不可更進一步的理由都拋到腦後，只想看屠黎洹陷入他帶起的情潮中，動作因而變得越發大膽。

然後他乾脆將兩指直接擠入被他舔軟的後穴，在屠黎洹氣惱又嬌媚的喊聲中抽插起來，指節伸入舌頭碰不到的深度，在頻頻收絞的內壁上衝撞頂弄，找尋最敏感之處。

屠黎洹已經完全沒了反抗之意，無力地趴伏在虞塵身上。後穴被他用手指脔得淫水淋漓，臀縫與雙腿間一片溼黏，更是隨著抽插的節奏晃起腰來，引著指尖去碰撞讓他最有感覺的那一點。

「哼嗯……虞、虞塵……我不要了……嗚嗯！」

屠黎洹的喊聲裡多了一絲無助，在虞塵又含住他性器時居然哭了出來，像是承受不了如此強烈的快感，抽抽噎噎地喊起虞塵的名字。

誰能想到平時能毀天滅地、讓人聞風喪膽的魔頭，在這張小床上卻變得如此慌亂無措，被一個小奴僕恣意玩弄，在情潮中載浮載沉，無力上岸。

「嗯啊！」

終於，屠黎洹在前後夾擊的劇烈快感中達到高潮，昂著臀朝虞塵嘴裡射出一股股精液，後庭內也抽搐不止，狠狠絞緊插入深處的手指，盈滿信引氣味的淫水汩汩泌出，胯間溼得一塌糊塗。

但他還來不及從高潮的餘韻中脫離，癱軟的身子就被虞塵翻身按住，雙腿大開著被壓在身側，被迫擺出令人羞恥的放蕩姿態；還在兀自收縮的穴口被根硬挺的肉棒抵住，緊接著就是一道熱燙的暖流噴發，瞬間淹滿他的臀縫。

虞塵終究沒敢直接肏進去，但尚未徹底緊縮的穴口仍舊包覆住肉莖頂部，些許精液因此注入後庭中，讓沾滿他信引的體液成功留在屠黎洹體內。

先後釋放的兩人都在粗喘，虞塵放下屠黎洹雙腿，俯身親吻他，情不自禁地柔聲說道：「黎洹……我實在太喜歡你了……」

最初只是一句「他長相是我的菜啊」這樣的玩笑，而後是為了活命而努力討好，但最終他還是真的心動了，徹底戀上這名據傳荒淫、實則單純又可愛的魔尊。

屠黎洹確實有很多缺點，他暴躁乖戾、不近人情、我行我素、殺人不眨眼，可是他又是那樣純粹，似星辰般耀眼，讓虞塵迷戀不已。

他真的想一輩子待在他身邊，哪怕他的一輩子對他來說只是轉瞬。

譬如蜉蝣，朝生暮死。

屠黎洹沒有回應，只是靜靜地任由虞塵抱著，良久後才輕聲道：「明天起，你隨我修煉。」

「咦？可是……」

虞塵被屠黎洹這突如其來的命令說得一愣，但不待他追問，屠黎洹已經起身推開他，淡淡說道：「你起碼得進入魔丹境、凝聚精元，我才能採補你。總是這樣被我直接攝取生命力，你也沒剩幾年好活了。」

他撿起落在地上的單衣披上，頭也不回地朝自己臥房走去，只留給虞塵一個看起來冷漠無比的背影。

方才不是還……

虞塵見屠黎洹忽地態度大變，心想該不會是自己做得太過火把人激怒了，匆匆追上前抓住對方的手，急切地道：「尊、尊上，我惹惱您了？對不起，我不該做出那種踰矩之事，請您責罰我——」

「我沒有生氣。」屠黎洹打斷他的話，轉頭看著他道：「我要你當我的爐鼎，所以讓你修煉，你有意見嗎？」

這一刻，虞塵腦中閃過一絲可笑，接著單膝跪下，拉著屠黎洹的指尖輕輕一吻，故作歡快地笑道：「沒意見，尊上……能隨您修煉，我高興極了！」

「嗯。」屠黎洹輕吟一聲，伸手揉揉虞塵的頭，這才轉身離開。

直到屠黎洹的身影消失在視線中，虞塵都沒有起身，只是靜靜地跪在那裡，良久後才笑出聲來。

那是充滿自嘲的笑。

「虞塵啊虞塵，你怎麼又犯老毛病了？教訓吃得還不夠多嗎？」

他怎麼又忘記身分，在那裡自以為是起來了？

對屠黎洹來說，他虞塵就是個「工具」，平日裡是服侍他的奴僕、無聊時就是消遣用的寵物，因為乾元的屬性而有點稀奇，但也不是那麼無可取代。

他現在，不過是又多了個當爐鼎的「功能」罷了。

至於工具對主人產生什麼心思，那重要嗎？

一點也不重要。

「我果然就是條『舔狗』，沒救了！」虞塵自嘲地罵了聲，回頭看著還殘留兩人氣息的床鋪，只是惱怒了幾秒，很快又恢復原本那種別無所求的心態。

算了，都喜歡這麼多年了，能戒嗎？

戒不掉啊，老婆跟性癖都是。

「慘，整個房間都是這味兒，換條床單也沒用啊……媽耶，又硬了。」

一牆之隔的主臥室裡，屠黎洹給自己擦拭過身子，又換上一身乾淨的睡袍，卻還是覺得身上滿是虞塵的氣味，不禁有些氣惱。

再想到最後那傢伙居然……

越來越無法無天了，剛剛就該先抽他一頓的，氣死了！

屠黎洹感覺身體又躁熱起來，逼自己靜心調息，卻聽到虞塵在自言自語，忍不住就加強耳力，想聽他在說什麼。

「『舔狗』？那又是什麼？」屠黎洹又記下了一個奇妙的「鄉下詞彙」，決定先自己推敲一下，真想不到再去找虞塵要解答。

驀地，他又想起虞塵方才那真切無比的告白，面頰不由有些發燙。

他其實不太明白虞塵說的「喜歡」和一般的喜好、興致有什麼差別，只是覺得對方的語氣讓他莫名悸動，想多聽一些、卻又羞於啟齒。

「讓他修煉，他就不會老說自己命不長了吧……」

屠黎洹倒回床上，心裡計畫著要怎麼讓長老同意虞塵修煉，而他想到最簡單的方式，就是直接說要讓虞塵當他的爐鼎。

反正已經確定他採補虞塵也不會損害修行，甚至他還感覺，自己跟虞塵的契合度比跟歆遙都高，等對方進入魔丹境可以放心採補後，修煉效率或許會更好。

這都不答應他的提議，就太不合理了吧？

「嗯，明天起……」

明天起，虞塵就跟他一樣，也是魔修了。

挺好。

第十一章：說好的穿越者金手指怎麼才來！

「我早晚要殺了屠欽光那老混蛋！氣死我了！」

虞塵看著一早見完長老們就氣得去後山砸坑的屠黎洹，在心中替無辜的山岩默哀幾秒，然後繼續看他家主子撒氣。

看來用不了半個時辰，這座小山頭就能被屠黎洹砸沒……

我老婆連生氣都好可愛，簡直了！

「尊上、尊上！」虞塵趁著屠黎洹停手的空隙，連忙問：「我早上去山下買了些蓮子，晚點給您做冰糖蓮子好不好？」

「哦。」

屠黎洹甩甩手，終於冷靜些許，來到虞塵身邊抓著他的袖子，語氣不滿地道：「你說他們為什麼總是防著你？明明你從未做過不利屠氏的事……」

做事雷厲風行的屠黎洹天沒亮就自己跑去找長老，想讓他們同意虞塵修煉，果不其然被無情地駁回，甚至在他直說自己已經採補過虞塵、讓他當爐鼎絕對沒問題後，還被臭罵一頓。

居然和另一名乾元交換信引？修煉修到腦子壞了嗎！

長老們都被屠黎洹和虞塵這驚世駭俗的行為嚇壞了，更罕見地板起面孔把魔尊訓斥一頓，讓他別拿自己的修行開玩笑、按部就班照著前輩們替他試錯出來的修煉之路去走，早日成就魔神。

屠黎洹當時就任性地說了句「我不當魔尊、也不修魔神了！」，這不是純粹的氣話，而是他真的想過，要是連給虞塵討個修行資格這點事兒都辦不到，他到底當這個魔尊做什麼？

然後他就聽到二長老屠欽光提議，既然給虞塵修煉是為了讓他當爐鼎，那他就得跟其他爐鼎一樣，給部族裡的乾元們輪流使用。

屠黎洹氣得差點沒當場殺了這位總是能踩爆他「雷點」的二長老。

虞塵、只能、屬於我！

和長老們的會面，虞塵當然沒資格參與，但藺成相當貼心地替他做了「精采片段回顧」，在說到虞塵要是當了爐鼎就得輪流伺候其他乾元時，場面一度十分尷尬。

胡鬧呢這是！

別說虞塵願不願意，其他乾元也不想碰他好嗎！

不過虞塵跟藺成倒是很清楚，二長老就是純粹給屠黎洹找不痛快，因為他們壓根就不可能答應屠黎洹的提議，那什麼輪流伺候別人的說詞，當笑話聽聽就算了。

聽到屠黎洹的疑問，虞塵先被那捏著袖子的小動作萌得春心蕩漾，慢了半拍才應道：「尊上，您別氣了，這件事咱們從長計議，好嗎？」

但屠黎洹卻搖了搖頭，固執地道：「你沒回答我的問題。他們防著你的理由，你一定懂……解釋給我聽。」

虞塵嘆了口氣，抱著屠黎洹攀上來福的背，自己也坐好後才說道：「咱們魔修跟仙修不一樣，不崇尚『強強聯手』這種事。您看族裡的幾位乾元，大家都是相互敵視和競爭的關係，唯一的相同之處，就是都想想辦法超越您，成為族長、魔修之尊，才能享有取用不盡的資源，可以更快修成魔神。」

「這局面是長老們刻意塑造的，讓乾元們互相制衡，然後又能在某種層面上一起制衡您，以此形成一個……平衡。假若我也成為修煉者，且不說以我的資質能到達什麼境界，我絕不可能脫離您自立門戶，而是會選擇追隨您。」

「一個部族裡有兩名乾元聯手，資源分配就可能失衡，互相制衡的形勢也可能被破，更重要的就是，其餘乾元不一定能牽制住多了一份助力的您。」

「長老們要的終究是可以服務部族、使部族強大的魔尊，而不是自己養起小勢力、造成內部局勢產生不可控分裂的乾元……我這樣說，您能理解嗎？」

被虞塵從後環抱的屠黎洹只是靜靜聽著，良久後才嘆了口氣。

「嘖，好麻煩。」

他知道自己不擅長算計，也不懂得剖析人心，所以其實常在心中默默佩服虞塵，覺得對方把心計都藏在那副樂天開朗的外表下，表面上過得沒心沒肺的樣子，實際上卻把問題看得透徹無比。

或許，也正是因為虞塵太精明，才永遠得不到長老們的信任吧？

屠黎洹還是有自知之明的，他們魔修乾元一個個都被當成莽夫，肌肉長到腦子裡的那種。

但就是這種容易被操控的莽夫，才能讓長老們放心，不是嗎？

「那群修煉境界到頂了的老狐狸，整天除了計較這些，還能做什麼？尊上您就別跟他們置氣了，不值得。」虞塵柔聲勸道，其實心裡也挺不甘的，總有股聲音告訴他要去反抗、去爭奪，不能這麼輕易地低頭聽話。

他知道那是乾元的本能在慫恿他抗爭，所以淡定地用理智將這些想法都按回心底。

別的不說，起碼在「保命」這件事上，他自認比這世界大半乾元都要熟練，堅決不當信引的奴隸，不會一個腦衝就不成功便成仁。

至於在性慾上，他就很誠實了。

我就是信引的奴隸，我聞到香香的老婆就很硬！

「這事不能就這麼算了……」屠黎洹依舊堅決，側過頭看著坐在身後的虞塵，腦海裡卻閃過這十多年來的種種。

對他這樣的修煉者來說，生命的尺度被拉得很長，於是偶爾會感受不到時間的流逝，那種轉瞬間便已物是人非的事時有所聞。

不知從何時起，他已經太習慣虞塵陪在他身邊，儘管對方只占據他人生中的一小段時光，可細細思來，似乎值得回憶的那些事，都匯集在這短短十載之中。

當年那個弱小得可以隨手捏死的孩子，如今已成了讓自己都產生依賴感的成熟男人，但他似乎到此刻才真正注意到對方的變化。

那一晚差點走火入魔的意外，再加上虞塵昨晚的傾訴，讓他恍然驚覺，對方這十多年來從未將視線從他身上移開，始終把他的身影烙在眼底。

這之中有著他想不明白的情感，但他已經決定從今以後也要好好注視虞塵，同時釐清心中那種難以言說的悸動究竟是何物。

他思考不了太遠、太複雜的事，他只知道，如今的他，希望虞塵能陪他久一點。

說好要多服侍他幾年的，那自然是越久越好。

虞塵見屠黎洹顯然又在鑽牛角尖，正想著要說點什麼轉移他注意、逗他開心一下，耳邊就聽對方說道：「等會兒去修煉室等我，我帶你入魔。」

「啊？但長老不是說──」

「你說你最聽我的話，不是嗎？」

虞塵茫然了，他家主子這是鐵了心要跟族內的話事人們硬槓？

這麼莽……這麼耿直的嗎？

好吧，一直以來都滿耿直的，也不是今天才這樣。

於是他笑了笑，湊到屠黎洹耳邊低聲說道：「嗯，都依你。」

屠黎洹耳根有些發燙，卻也沒躲開，發拗似地說道：「我就要你當我的爐鼎，誰再有意見我就殺了誰！」

虞塵頓時有點抖。

那啥，其實我有點意見啊……

不過他轉念一想，雖然屠黎洹嘴上說拿他當爐鼎，但實際上只是要採補他的生命力或精元什麼的，不是真的要「上」他吧？

這可攸關他身為一名乾元的尊嚴！

什麼？這是雙標？

他這一號位是不能輕易退讓的，當然只能委屈老婆躺在他身下了！

哇，又想起那兩個銷魂的夜晚，還有哭著喊他名字的魔尊……

「我聞到你的味道了……你又想做什麼？」屠黎洹的嗓音幽幽傳來，讓虞塵連忙在腦子裡給自己播放起大悲咒。

「沒、沒事！在想給您做什麼菜好呢！」

「不是要吃冰糖蓮子？」

「那是甜點，可不能當正餐！」

「我要吃魚。」

「那正好，我聽說二長老前些日子準備了幾尾靈鯛要做壽宴，我去給他檢查檢查魚兒們健不健康！」

「……肯定全都病了，還是殺了好。」

「尊上說的是，嘿嘿……」

◆

「尊上，這……修煉是不能穿衣服的嗎？」

聞言，屠黎洹屈起指節，在虞塵額頭敲了幾下，把人敲得嗷嗷亂叫，這才應道：「想什麼？我只是要確認你凝聚魔紋的情況。」

上身打赤膊的虞塵捂著額，也不好辯稱自己真的沒有什麼綺念，只能乾笑著問：「尊上，那什麼魔紋的……會不會疼？」

屠黎洹有些無奈，實在想不明白這傢伙提問的角度為何會如此刁鑽，也懶得多說，直接把人按坐在軟墊上，自己則面對他一同盤坐，並朝他伸出雙手。

「先和你說個概念，魔修的修煉，說難其實不難。我們的本質是武修，以武入道，且以自身軀體為最強的『武器』，故而絕大多數的魔修功法，皆旨在錘鍊出強大的肉身。」

「我們的修煉目標很單純：想辦法提升體魄。其中最迅捷的方式，就是『掠奪』各種能量，並將其內化為己物。這讓魔修的修煉效率成為萬千道途之最，曾聞上古一魔神，在莫大機緣下一日脫凡成神，證道天地。」

「然而，魔修的修煉，說難也難，因為掠奪而來的能量過於駁雜，若疏於導引，很容易讓體內的真氣失控暴走、自毀經脈，導致道行全失。」

屠黎洹握住虞塵的雙手，繼續認真地解釋：「待你開始修煉，你或許就能明白，為何多數魔修都比較……暴躁。因為我們時常要與吞侵一切的慾望拉扯，亦無時無刻不在耗費心神梳理體內的各種能量，情緒很容易躁亂不安——」

「尊上一點也不暴躁呀，您最好了！」

「專心聽講！」

屠黎洹沒好氣地瞪了嬉皮笑臉的虞塵一眼，這才又道：「總之，我想傳你《魔神造化功》，但它是所有功法裡殺性最大的一門，你若感覺這條路與你本性相違，我也可以教你別種稍微平和一些的功法。例如爐鼎們學習的那種便是，只需侵吞一些靈材寶物便能提升境界，毋須大量殺生。」

聽著屠黎洹的講述，虞塵想起那時在擂臺上看見的祭煉現場，心情卻沒起太大波瀾。

或許是這十多年來在魔修身邊生活久了，他感覺自己對殺生這種事好像已經沒什麼牴觸，可以平淡地面對一切。

他把凡人的命看得很輕，包含他自己。

更重要的是，他聽得很清楚，屠黎洹說的是「想」。

老婆想要什麼，他當然絕對配合呀！

「尊上，我要學跟您一樣的！」虞塵堅定地說道，但馬上又有點不安地提問：「是說這《魔神造化功》不是屠氏的不傳之密嗎？您就這樣傳給我一個外人，沒問題嗎？」

「你從今以後就姓屠了，我賜給你的。」

媽耶，我這就冠妻姓了？

當爐鼎不夠，還要入贅來著！我——

「我今後就跟尊上是一家人了，嘿嘿……但『屠虞塵』念起來不是很順口啊……」

「你給我專心點！」

屠黎洹氣得要命，就不懂他家這隻大狗子為什麼思緒總是這麼跳脫？這樣靜不下心的人，有辦法好好修煉嗎？

「嗯嗯，我聽著，尊上您繼續說！」虞塵連忙擺出好學認真的模樣，免得修煉還沒開始，就先被耐性用完的屠黎洹狠抽一頓。

「我先用我自身的真氣直接引你『入魔』，之後再看你比較適合什麼路線的修行方式，從《魔神造化功》中挑些初級篇章給你學。短期目標就是先進入魔丹境，這樣你不會再被我隨意擷取生命力，先前損失的壽元也能盡數補回。」

虞塵想了想，這回提出了比較「正常」的修煉問題，道：「從入魔到魔丹，約莫一年左右是嗎？我聽歆遙是這麼說的。」

「爐鼎他們用的晉升方式比較低階，一年算是慢的，如果你按照《魔神造化功》來修煉，最差也是三個月內就能晉升魔丹。」

那不就是說……這是得禁慾三個月的節奏嗎？

受不了哇！

不過虞塵也就是在心裡喊喊，除了怕被屠黎洹揍之外，主要是他對魔修修煉也有個模糊概念，知道他們晉升速度雖然比其他修煉者快，但每個階段還是以數十至百年來計算的。

像屠黎洹這種修行不到百年就渡劫飛升的例子，已經夠驚世駭俗，至於他說那什麼一日成神的，虞塵自動當作傳說故事來聽。

開金手指都沒那麼誇張！絕對是扯的！

「好了，你靜心凝神，我會開始給你渡氣，若感覺體內氣息躁動，不要抵抗，讓它們沖擊你還未貫通的關竅與經脈，才能洗髓伐毛、脫胎換骨。」

進入冥想狀態還是普通人能做到的，虞塵聞言便閉目冥想，很快就感覺一道道暖意通過雙手蔓延至全身，讓他有一種在夏日午後的草皮上晒太陽的舒服勁，又有一些細微的刺麻感掠過皮膚，有點癢，但還在可以忍受的範圍內。

但這種平穩和緩的感受稍縱即逝，一股像是要把人焚燒殆盡的滾燙熱流猛地衝入虞塵體內，讓他發出痛苦的嘶號。

「呃——啊！」

只見虞塵突地雙目怒瞠，額際與頸側青筋賁張，吐息間竟自口中冒出淡淡青煙，身體表面湧出聚積在體內的汙垢，但排出的速度卻快得離譜，而且開始在他體表凝結成塊，像個黑繭一樣將他的身體迅速包裹起來。

「虞塵！」

這變故連屠黎洹也沒料到，嚇得想鬆手中斷渡氣，卻發現自己的手被虞塵死死扣住，體內大量真氣不斷以驚人的速度朝對方洩去，而後被統統吸納。

對他這個已經進入魔尊境的人來說，這點真氣消耗微不足道，可對一個普通人的身體來說，卻是隨時可能撐爆肉體的海量！

更不正常的還在後頭，屠黎洹能清楚感受到虞塵的信引在瘋狂擴散，甚至對他都產生一股難以言喻的壓迫感，不由隱隱有些心悸。

他感覺自己不再是面對一名凡人乾元，而是什麼鴻蒙凶獸！

這異變轉瞬就結束，屠黎洹還在焦急著要收手時，虞塵那邊已經不再吸取他的真氣，但整個人都被黑繭包覆，兩人相握的手也被隔開，再感受不到對方的體溫與心跳。

屠黎洹立即起身上前檢查，臉上是罕有的焦急無助，想去觸碰虞塵身上的黑繭，又怕對他造成什麼傷害，正想著要不要衝出去呼救時，清脆的碎裂聲就在耳邊響起。

他看見虞塵身上的黑繭開始龜裂、剝落，一點一點露出他的身軀。

虞塵身為乾元，身體素質本就相當優異，就算從未修煉，依舊生得相當健壯挺拔，加上他平時也會做些基礎鍛鍊，故而身材一向保持得不錯。

而此刻的他，雖然身形沒有劇烈變化，卻可以看出他的肌肉變得更為結實，骨骼硬挺且近乎對稱，整個人的身體線條趨於完美，更顯其爆發力。

他仍舊閉著眼，表情有些痛苦，微啟的薄唇吐出淡霧，霧氣由青轉白，屠黎洹不用湊近就能感受到那股煙霧帶著極高的溫度，足以將常人的五臟六腑都烤熟。

「虞塵？你、你別嚇我……」屠黎洹沒察覺自己的語氣是那樣驚懼又小心翼翼，顫抖的指尖輕觸虞塵的臉，卻又隨即被那燙人的溫度激得收手。

一道黑色的紋路忽地自虞塵心窩浮現，接著一點一點擴大，直到花紋滿布他的胸膛與上腹才緩緩停下生長，隨著他的呼吸閃爍起青光。

屠黎洹目瞪口呆地看著和自己截然不同的魔紋，心中只有一個念頭——

我家狗子一飛沖天了！

「魔紋」是修煉《魔神造化功》特有的現象，每個人顯示的圖案與顏色都不同，形貌上看不出規律性，但至少能從生長範圍大致對照出修煉境界。

屠黎洹沒看錯的話，虞塵這魔紋的範圍，已經是魔嬰境！

一口氣就晉升三個境界……這是要上天嗎！

驚詫之後，屠黎洹迅速冷靜下來，稍稍估量自己方才耗損的真氣量，確實能應對上一名魔嬰境魔修的總能，這表示虞塵幾乎讓這些能量逸散，一口氣就將它們全部轉換了。

但問題是，他還沒教虞塵怎麼轉換啊？

他該不會是……

撿到一個比自己更天才的修煉者了吧？

虞塵就這麼靜靜盤坐著，看起來已經自行掌握調息的方式，猛然晉升後圍繞在周身的狂躁氣息逐漸趨緩，表情也不再痛苦，緊皺的眉宇一點一點舒展開來。

當口中不再吐出煙氣時，他的雙眼也跟著緩緩睜開，本就清澈的灰眸染上一層青光，但很快又收斂下去，僅剩一點不明顯的閃爍。

他抬眼看向屠黎洹，眼神卻不若以往那樣溫柔、盈滿笑意，而是冰冷肅殺，對眼前的人充滿藐視，好像隨手就能將對方殺死。

這眼神讓屠黎洹相當不舒服，同樣被激起一股濃濃敵意，兩人的信引都在這一瞬間發散開來，像其他乾元對敵時那樣，試圖以自己的氣息恫嚇對方。

但這兩股氣息卻又在相碰時融合在一起，讓虞塵的神智瞬間清明，眨眨眼後就恢復平時的神情，溫和可親、又帶著點新奇之意。

「尊上！我感覺、感覺……」

虞塵措了辭半天，又驀地皺起臉碎念：「我怎麼感覺自己可以一拳打爆天地、是唯我獨尊的宇宙強人？我都幾歲了還犯中二病啊……」

屠黎洹終於鬆了口氣，上前摸著虞塵胸口的魔紋，略帶笑意地說道：「感覺自己強得不行，誰都不放眼裡，是嗎？很正常，修煉魔功就是這樣，被力量盈滿身體的感覺太好，會讓精神過於亢奮。等會兒冷靜下來就好多了。」

「哦、哦……」虞塵點點頭，倒是已經回過神，不再有那種想要毀天滅地的衝動，就是精神真的有點太好了，很想出去繞著後山跑個幾圈發洩一下。

然後他才低下頭注意到自己身上的紋路，忍不住在心中吐槽——

簡大姊，我也是有淫紋的人了，妳高興了吧！

「你知道你幹了什麼好事嗎？」

虞塵被這突如其來的質問拉回思緒，就看屠黎洹抱著手，氣鼓鼓地道：「你一口氣晉升到魔嬰境了！按這速度，你是不是月底就得渡劫？」

不知道為什麼，有點酸酸的味道。

虞塵慢了半拍才反應過來自己身上發生了什麼事，頓時一臉驚恐地道：「尊上，我晉升這麼快，會不會等一下就爆炸了！我、我不想死嗚嗚嗚……」

本來興起一點嫉妒之意的屠黎洹，瞬間被虞塵這沒出息的樣子逗樂了，屈指敲著他腦袋道：「要炸你早炸了，還能在這裡跟我扯皮？但你說得也是個問題，晉升這麼快，不曉得會不會留下什麼隱患，得仔細檢查一番才行。」

虞塵點頭如搗蒜，立刻按屠黎洹的指示躺平，任由對方在身上又戳又捏，感覺自己就像是去做健康檢查後，在候診區等待醫生跟他討論健檢結果一樣，一顆心緊張得七上八下。

我這麼年輕又這麼帥，絕對不能患上什麼絕症、咳咳……絕不能走火入魔、英年早逝啊！

屠黎洹扣著虞塵的手腕，細細感受他體內的氣息，除了膨湃到讓人懷疑他吞了興奮劑之外，確實是沒找到什麼缺漏或鬱結之處。

他忍不住看向虞塵的身體，這才意識到，雖然兩人有過肌膚之親，這卻是他第一次徹底看清對方的軀體細節，那充滿陽剛氣息卻又不會過於粗野的身形確實誘人，再想到與之匹配的「那處」也頗為雄偉……

「你把信引收一收，我聞了好煩。」屠黎洹氣惱地扔開虞塵的手，背過身續道：「暫時沒看出什麼問題，你這幾天先穩固境界，之後再考慮要不要繼續晉階。」

但回應他的卻不是虞塵的聲音，而是一雙從後抱上來的手，環住他的腰肢後，又食髓知味地向上攀爬，隔著衣物摩挲他的身軀。

他感覺髮絲被蹭到一邊，露出的後頸上傳來些許溼潤之感，耳邊就聽虞塵說道：「尊上，既然我已經魔嬰境，您就不用擔心會損害我壽命了，請盡情採補我吧……」

「……我要真想搾乾你，你沒成真魔都抵擋不住！」屠黎洹躲開虞塵的親吻，轉過身推著他的腦袋道：「給我冷靜點！去那邊打坐調息，我一個時辰後回來檢查你的進度！」

晾著「暖床計畫」失敗因此一臉悲憤的虞塵，屠黎洹匆匆回到自己屋裡，在內廳來回踱步。

本來因為虞塵天賦異稟而雀躍的心緒很快溢下，轉而憂心忡忡起來。

虞塵還是個凡人時，部族長老就已經如此防備他，如今要是被人知道他還有這般驚人的修煉天賦，究竟是會一改態度接納他、奉他為屠氏的優秀人才，還是趁他還不夠強大時直接打殺？

恐怕，會是後者……

屠黎洹驀地頹坐在床上，焦躁得很想殺點什麼東西撫平心緒。

他家狗子怎就這麼能給他惹麻煩呢！好氣！

為什麼要那麼優秀？普通點不行嗎？

雖然這麼腹誹著，屠黎洹卻又忍不住想，正因為虞塵這麼優秀，才配待在自己身邊……

這都是什麼亂七八糟又矛盾至極的感覺？煩死了！

屠黎洹唰一下起身，繞過隔斷走到虞塵的小房間，看著那張對一名成年男子來說實在小得可憐的床鋪，腦中又蕩漾起昨夜發生的點點滴滴。

他可發現了，某個說自己很乖很聽話的傢伙，到了床上就完全變了個人，什麼

「壞事」都幹得出來。

這很乾元，也很魔修。

本來就不怎麼怕他這個主人，現在又成了修煉者，以後豈不是要管不住了？

然後，他忽地想起對方時常掛在嘴邊的話，耳根瞬間緋紅起來。

所以誰是他的菜？他到底饞誰的身子！

屠黎洹頓時覺得，長老們防虞塵跟防賊一樣，好像也不是沒有道理？

又在那裡站了半晌，屠黎洹驀地上前抓起虞塵的枕頭和被褥，聞到上面的氣息便有些心緒蕩漾，連忙強忍著那股躁動轉身退離小房間，但走沒幾步又回過頭，抬腿踹崩了一只床腳，這才又匆匆離去。

「我是魔尊，我能保護好他的，嗯……」

第十二章：準備給作者寄刀片了！

前院的涼亭下，歆遙和子臨正目瞪口呆地看著虞塵，似乎是完全理解不了方才那一段話，兩人都愣怔在那裡，好半晌沒能發出聲音。

虞塵見他們這副樣子也頗感無奈，只能抱著手問：「總之，這事兒需要你們配合保密，我的小命就靠你倆保住了啊！」

「不是，你讓我緩緩……」歆遙捂著後頸，那上頭有個新鮮的傷口，此時還不斷滲著血，讓他的表情有些扭曲。

今日本該是那該死的採補之日，進入雨露的他被送往屠黎洹的修煉室，準備按以往那樣，給這位魔尊獻上自己的精元，並獲得對方的信引，舒緩發情時的躁亂與痛苦。

然而，今天的狀況卻超乎他預料，在他正因為雨露到來而無可抑止地對著離他最近的乾元發浪時，屠黎洹居然——

臨時標記了他！

這事兒都過了快一個時辰，歆遙還是沒緩過來，在被咬住後頸的當下，他以為屠黎洹是想永久標記他、徹底結束他的爐鼎命運。

他老早就預想過這種狀況，起因不外乎是屠黎洹不需要他了，或是對他膩了，所以決定淘汰他，讓他改行生孩子去。

首先就是給魔尊生一打後代，看有沒有辦法拚出個資質不錯的乾元或坤澤，替屠氏部族增添優質新血。

結果他才正想著自己會被逼著生多少娃，屠黎洹卻咬完他就走了，連衣服都沒脫！

為什麼隱隱有種被嫌棄的感覺？

「我還是搞不明白，你一個乾元怎麼就、就……」歆遙指著虞塵，抖著嗓子說道：「你果然是假的乾元吧？你怎麼還能搶了我的工作！」

「你這話說的，好像我橫刀奪愛了一樣。」虞塵嘴角抽搐，堅持道：「都說了我不是爐鼎，我沒搶你的工作！」

「那你到底給沒給屠黎洹採補？」

「……給。」

「那你就是個爐鼎，白痴！」

虞塵也是頗為無奈，開始修煉兩個多月後，他又沖了兩個境界，已堪堪來到合體境，若不是那詭異的沖級速度終於趨緩，他都要懷疑自己用不到半年就得找個凡界渡劫去。

這修煉天賦，已經能用驚世駭俗來形容了。

但也因為這件事，屠黎洹和虞塵之間產生了極大的意見分歧。

無他，一個想開誠布公讓長老們知道，一個想卡死境界假裝自己是凡人。

屠黎洹的出發點很簡單，他認為虞塵是個比他還珍貴的人才，屠氏應該重點培養，把該給他的修煉資源都給足了，而不是像現在這樣，偷摸著撿屠黎洹用剩的東西湊合，就怕被人察覺異狀。

虞塵好不容易才說服屠黎洹，讓他明白這件事一旦被長老們知道，他絕對死路一條，還是繼續裝作自己就是個脆弱的凡人，才能安心待在主子身邊，服侍他一輩子。

附帶一提，這場爭辯造成虞塵有半個月都沒能睡在床上，只能在修煉室可憐兮兮地打地鋪，直到屠黎洹勉強被說服，他才又重拾暖床的新增業務，可以抱著香香的老婆一覺到天明。

總之，既然決定要繼續裝普通人，那屠黎洹這邊也得配合著讓一切都如以往般正常，才不會讓人察覺蹊蹺。

可到了固定要採補歆遙的日子，屠黎洹卻給虞塵出了個大難題，他臨時標記完歆遙就走了，扔著一頭霧水的坤澤在那裡懷疑人生。

不管是歆遙本人，或負責貼身照顧他的子臨，在知道這次採補的異狀後，能不上報給長老嗎？

上報之後，他偷偷修煉的事還能瞞多久？

所以，虞塵也只能硬著頭皮來給屠黎洹善後了。

「唉，我也不曉得尊上怎麼就……明明之前提到這件事，他是同意按原樣繼續採補你，免得被其他人發現異狀。總之，你們倆得替我保密，不然我真的小命不保！」

虞塵一臉沮喪，實在想不通這件事怎麼鬧成這樣，但又對屠黎洹生不起氣，只能獨自發愁。

哦，我不會又要脫髮了吧？

「我先問一下，你現在……修煉到什麼境界了？」始終沉默的子臨總算開口提問，然後在聽到回應後露出駭然的表情。

「合體境……後期了吧？反正我現在壓著進度，沒敢往上升。」

這什麼聽了讓人拳頭很硬的發言？

「你這境界，就算我與歆遙替你隱瞞也沒用，真魔境以上的長老跟其他幾位大人，只要接觸到你，就都會發現不對……」子臨面有難色地說道，雖然他只是個負責照顧爐鼎的中庸，得到的殘缺功法僅能修煉到魔丹境，但至少修煉常識還是相當充裕的，足以做出合理的判斷。

「所以你沒看我現在也挺少出去溜達了嗎？」虞塵無奈地攤著手。「尊上在想辦法替我找隱匿境界的功法了，但那東西在魔修裡屬於偏門、不入流的玩意兒，要找還真不如直接跟仙修要……唉，魔修怎麼就這麼莽呢？想藏個修為居然還不入流了這是……」

聞言，子臨和歆遙一臉「您的困擾太高級，咱不配思考這類問題」的表情，滿肚子嘈不知從何吐起。

「呵，現在搞成這樣，還不是屠黎洹那傢伙太混帳？我看他就是覺得採補你對他的修行更有效果，於是嫌棄我了吧？你讓他這種自私自利的傢伙委屈自己，繼續用我一個『劣品』好給你打掩護？作夢快一點。」

歆遙冷笑一聲，又滿眼嫌棄地看著虞塵，罵道：「我老早就覺得，你小時候為了逃脫摔進山溝裡，肯定把腦子都摔壞了，不然怎麼會對屠黎洹這種人如此死心塌地？簡直可悲至極！他根本就不把你放在眼裡！」

「你別說了……」子臨有些緊張地打斷歆遙，畢竟他們面前這位可不再是肉體凡胎的乾元了，而是修為比他們都要高的魔修乾元！

要是虞塵一個惱怒一拳打死他倆，他一點也不覺得意外。

但出乎意料的，虞塵沒有動怒，只是搖搖頭嘆道：「我腦子或許真的不太對勁吧？我總感覺……我眼裡的尊上和你們所知的人，完全不同。」

他真的覺得他老婆棒透了，不過又可以理解歆遙這些人，為什麼始終對屠黎洹懷抱著敵意與恐懼。

他們怕的不只是這位魔尊，更怕這個牢牢把控住他們命運的屠氏部族。

屠黎洹不過是那最好怨恨的對象罷了。

「隨便你吧，你愛當他的狗就去當，我們沒資格管你。」歆遙莫名氣憤，甩著袖子起身走人，只是在快要走出院落前又回過頭，語重心長地開口——

「我一直當你是我的大哥、我的朋友，我這條爛命能活到現在，也大半是你的功勞，我是真的不想看你給那種人賠命。勸你趕緊想好後路，他護不了你，也不會護你的，你只是他一條隨時可以換掉的寵物狗。」

「藺成曾經給過我的忠告，我現在也送你：在屠黎洹眼裡，我們都是壞了便能換新的『消耗品』，別太看得起自己，你沒那麼重要。」

言罷，歆遙甩門而出，子臨也顧不得去看虞塵是什麼表情，連忙跟上他這位有夠難伺候的爐鼎；兩人回程路上都不發一語，氣氛顯得十分凝重。

回到津暘舍的個人小屋，子臨才終於忍不住問：「你為什麼要對虞塵說那些？

你明知道他對尊上……嗯……」

「我知道他愛死屠黎洹了，就是個眼瞎的白痴！」歆遙沒好氣地罵道：「平時多精明能幹的一個人啊？愛上屠黎洹之後腦子都壞了，淨做一些找死的事來取悅對方，真夠可悲的。我就想罵他一頓，看他能不能清醒一點！」

連子臨都能看出來，他還會不清楚虞塵對屠黎洹有多痴情？

不愛的話，一名乾元怎會甘願當那麼多年的狗？

但他直到此刻還是無法相信，虞塵居然迷戀對方到這種地步，願意以乾元之身去做個爐鼎，屈辱地委身於那個大魔頭，奉獻自己的身體和生命！

他就是替虞塵感到不值。

「說實話，尊上和虞塵的事我們管不了，但你也別總是這樣、這樣……」

「和他們對著幹？」

你還有自知之明呢！

子臨都有些惱了，但還是耐著性子道：「你對虞塵說，讓他想好自己的後路，那你自己呢？你就沒想過，要是日後當不成爐鼎，你要何去何從？真的要認命去生孩子？」

歆遙看了眼子臨，幽幽地反詰：「你的意思，該不會是讓我討好他們兩個，求他們誰給我永久標記、當專門服侍他們倆的坤澤，好不用像其他人那樣，臨死前一個個都是待產的母豬？」

「你既然都知道，為什麼還——」

「那你知不知道，比起當頭母豬，我更討厭別人替我決定後路？美其名曰『這是對你好』，但實際上還是把我當成可以隨意安排的物品，彷彿我這輩子只配當別人的所有物？」

子臨面色一青，想起當年歆遙和虞塵的爭執，也是因為歆遙不甘自己被虞塵安排而憋了滿腹憎恨，後果就是讓大家都吃足了苦頭。

別的不說，歆遙這傢伙一旦激進起來，那可比乾元都剽悍，做事不管對錯、不管結果，更不管死活。

還好意思笑虞塵是個假乾元，他自己才是跟大半唯唯諾諾的坤澤相差甚遠。

「對、對不起，你說得對，我不該插手你的人生，擅自決定什麼對你是好或壞……」子臨慚愧地低下頭，縱使心中依舊盼著歆遙能有善終，卻還是認命地拋開那種不切實際的想法。

他就是個自作多情的傢伙罷了。

驀地，一隻手伸過來握住他的手，白皙的指尖輕輕顫動。

「沒事，我沒怪你。」

子臨抬起頭，看著表情似笑非笑的歆遙，心緒有些蕩漾。

「別管那倆混蛋乾元了，你快給我上個藥。那魔頭咬那麼大力做什麼？肉都要掉了，疼死我……」

「你別摸了，我看看傷口……」

◆

束起的紗帳垂落，掩蓋住床架上的兩道人影，卻擋不住那甜膩的繾綣細語，在深夜點燃一絲熱意。

屠黎洹趴在虞塵身上，輕薄的單衣滑落，露出他白皙的肩頭，上面印著幾枚紅痕，新舊錯落，一路延伸至胸口，隱入衣領之中。

他俯身吻著虞塵，動作已不似初時那般青澀笨拙，舌尖熟練地鑽入對方脣齒之間，挑逗地顫動起來。

虞塵任由屠黎洹主導這個吻，雙手在他身上游移，再趁隙自衣襬伸入，沿著未著寸縷的臀腿向上撫摸，正想把那渾圓軟彈的臀肉握在掌心裡揉搓一頓，舌尖就傳來一絲疼痛與鐵鏽味。

「還不行。」屠黎洹霸道地命令，又咬了一口虞塵的脣角，口中頓時多了一股腥甜，讓他忍不住舔起嘴。

「尊上，您想憋死我就直說……」虞塵感覺自己快爆炸了，偏偏又被屠黎洹壓制著，沒多少動彈空間。

如今的屠黎洹已經掌握到部分「馭夫之術」，並想起來自己明就是個修為比虞塵高好多階的魔尊，怎能在床上任對方恣意玩弄？他總算明白該如何牽制這條饞他身子的大狗子，免得這色膽包天的傢伙哪天真的成功「上」了他。

其實屠黎洹也沒那麼抗拒這件事，但身為乾元的本能總是在拉扯，讓他別輕易「失身」，於是早就同床共枕的兩人始終沒做到最後一步，還差那麼一點才算達成「徹底的融合」。

倒是虞塵很溫柔地請求過，也在被拒之後保證自己絕對不會對屠黎洹用強，但有鑑於上了床鋪後，這狗子的聽話程度就直線下降，屠黎洹感覺自己還是防一手比較好。

雖然虞塵想用強也辦不到就是了，根本打不過好嗎！

屠黎洹似乎迷上了親吻這件事，又和虞塵唇齒交纏許久，這才退開身子，輕喘著問：「我今天是不是……又莽撞了？」

虞塵正被撩撥得躁動難耐，腦子裡全想著等等要怎麼把玩那副誘人的胴體，慢了半晌才回過神，聽懂對方的問題。

「您說歆遙的事？沒關係的，不是什麼大問題。」虞塵說完便有些緊張，又趕緊補充：「他們兩個口風很緊，絕不會到處亂說。」

他還真怕屠黎洹會嫌麻煩，乾脆直接殺人滅口。

「哦。」

屠黎洹又趴回虞塵身上，似是無意識地用頭蹭了蹭虞塵的臉，在對方被萌得渾身發抖時，悄聲說道：「我不想要你碰我以外的人，所以，我也不碰你以外的人……」

虞塵聞言一愣，接著竟有股令心跳瘋狂加速的雀躍之意湧出，但又趕緊讓自己冷靜下來，別又犯了自作多情的臭毛病。

但屠黎洹這話聽著真的很像、很像在……

「現在可以了。」

屠黎洹的話打斷虞塵的思緒，就見他坐直身子，先是緩緩解開腰帶，讓衣袍徹底敞開，接著又伸手掏摸虞塵的褲襠，讓兩人都已經充血脹硬的性器併在一起，雙手輕輕揉搓起來。

令人陶醉的信引氣息再度濃郁起來，屠黎洹一臉認真又略帶羞澀，仔細套弄著兩人的下身，在看見晶亮的液體一點一點冒出時，忍不住用指尖沾取些許，然後放到嘴裡品嘗。

看著屠黎洹在那裡輕吮指尖的撩人景致，虞塵終於按捺不住慾火，將對方一把扯到面前，一手扣緊他腰肢、一手壓著他後頸，給他一個無法拒絕的激情深吻，同時頂起胯，用粗大的肉棒一次次滑過溼潤的臀縫，雖然沒有進入，卻總是抵著穴口滑過，漲紅的柱身很快就被後庭溢出的淫水沾得溼透。

屠黎洹也情不自禁地晃起腰臀，除穴口不斷摩擦肉棒頂部，自己的性器也抵著虞塵結實的小腹來回滑動，沒幾下就把自己蹭得瀕臨洩出邊緣，腰扭得越來越快。

「嗯、虞塵、虞塵……嗚嗯……」屠黎洹低喊著，一雙美眸帶著些許迷茫，豔紅的魔紋在他身上蔓延閃爍，整個人也變得更加敏感，不管被虞塵觸碰到何處，都讓他感覺自己像觸電般，身體止不住地顫抖。

「我在，尊上……我在……」虞塵柔聲回應，昂著頭親吻屠黎洹的頸側，在散發著濃烈信引的腺體附近輕咬舔舐，雙手捏緊那兩片臀瓣增加緊縛感，白皙的臀肉都從指縫擠出，被烙出兩片紅通通的掌印。

屠黎洹只覺得心都要酥了，忍不住支支吾吾地說道：「想、嗚嗯、想聽你再說……嗯、再說一次……」

「說什麼？」

「你……你喜歡我……」

虞塵狠狠親了屠黎洹一口，再貼著他耳畔深情低喃道：「我喜歡你……黎洹，我真的好喜歡你……讓我說千百遍都可以……」

屠黎洹還是搞不懂這種心意究竟是何物，但如此堅毅又深情的告白，終於讓他放下那最後一絲防備與矜持，支起身子後用穴口抵著那根肉棍，然後一口氣坐了下去——

「嗯啊！」

粗碩的肉刃就這麼直直肏入後庭，緊縮的內壁被凶猛地撐開，每寸皺褶都被迫包覆住那根燙熱的肉柱，把甬道撐出了性器的形狀。

如此猛烈的進入，讓屠黎洹哭喊著攀上高潮，直接被插射，前端噴得虞塵胸腹上盡是白濁，後穴更夾著肉棒抽搐不止，淫水流得到處都是。

虞塵被屠黎洹這舉動驚得反應都慢了半拍，直到下身傳來讓他差點跟著繳械的劇烈抽吸感，這才回過神，強忍著射出的衝動，有些心疼地道：「黎洹，你還好嗎？」

怎麼、怎麼還沒擴張就！

把老婆肏壞了怎麼辦！

屠黎洹像是沒聽見虞塵的問話，高潮後的身子一軟，就要向旁癱倒，被眼疾手快的虞塵扶住這才稍微清醒過來，牽著虞塵的手抽抽噎噎地道：「你、你太大了……好難受……」

那委屈的嗓音讓虞塵都快瘋了，起身抱著人，在他耳邊輕聲安撫：「你別動，我來就好……不會弄疼你的……」

他翻身將屠黎洹放倒在身下，拉著他雙腿勾住自己腰際，還被後穴緊咬著的肉棒小心翼翼地退出些許，再緩緩推入，溫柔地淺淺抽插著，試圖讓對方逐步適應他的粗長。

屠黎洹一雙紅眸盈滿淚水，虞壟每頂一下，他眼角就墜落幾滴淚珠，嘴裡含糊不清地喊著虞壟，身子先是繃緊，又逐漸放鬆，被伺候得渾身癱軟，但雙腿間的性器卻又硬挺起來，顯然被肏得舒服至極。

虞壟強忍著狠肏對方一頓的衝動，只想給屠黎洹一個值得回味的「初次」，努力控制抽插的力道，聽身下的人從啜泣轉為低喘，呻吟聲中多了一絲嬌媚，這才開始提速。

「嗯、哼嗯、那邊……」

「要我肏這邊，是嗎？」

「嗯嗯、嗯……太深了、不要……嗚嗯！」

被頂到敏感點的屠黎洹不禁夾緊雙腿，被肏得腳趾都蜷起，抓在虞壟手臂上的指尖撓出一道道紅痕，銀髮被淚水打溼黏在臉上，看著有些狼狽，卻又漂亮得令人迷醉。

虞壟伸手撥開屠黎洹臉上的髮絲，一邊吻去他的淚水、一邊賣力地抽插他後穴，每次都準確撞在他的敏感之處，力道也恰到好處，頂得他嬌吟連連，喊聲越發高亢。

屠黎洹淚眼婆娑地望著虞塵，只在他那雙閃著青光的灰眸中看到無盡的柔情，心中被一股甜蜜之意盈滿，忍不住哭喊：「他、他說錯了！」

「嗯？」

「我、我會護你……嗚嗚，我是魔尊、我會護你……你很重要、你不是消耗品……」

虞塵聽得一顆心都要化了，不停吻著屠黎洹，愛憐地應道：「我知道……我知道你會護我，我的尊上……」

此刻的虞塵只覺得，能在這個世界遇上屠黎洹，真的太幸福了。

他的魔尊，怎麼能如此可愛？

「嗯啊！」

屠黎洹緊摟著虞塵，在一次次挺入中被肏到高潮，虞塵也跟著釋放，將充滿信引的體液激射進深處，即便無法像對上坤澤那樣，在對方體內徹底印下自己的氣味，但那種強大的征服感仍舊讓他既狂躁又興奮，只想將身下的人徹底灌飽自己的精液。

但他終究沒那麼做，而是等屠黎洹稍微緩過勁後，就小心地退出身子，仔細清理他下身，免得那些液體積在他腹內，讓他感到不適。

屠黎洹只覺得整個人懶洋洋的，有高潮餘韻帶來的慵懶，也有因為吸收到強大精元而產生的暢爽之意，讓他抵不住湧上的睡意，眼皮眨著眨著，便慢慢闔起。

在睡著前，他猛然感受到一股相當令人難受的煩躁與不安，直覺頻頻發出警訊，在向他預告即將發生某種他無法應對的危機。

「怎麼了？哪兒不舒服嗎？」虞塵見快要睡著的屠黎洹突然驚醒，正要追問自己方才是不是有不小心傷著他，但心底猛地竄起一股寒意，讓他狠狠打了個冷顫。

咋回事？這什麼感覺？

「你……也有預感？」屠黎洹看著虞塵驚疑不定的神情，已經猜出對方也和自己產生同樣的感應，面色變得難看起來。

這是要出事的節奏。

簡單聽完屠黎洹解釋這種直覺感應的來由，虞塵抱著他躺回床上，一邊撫著他的髮絲、一邊安慰：「別擔心，不管是什麼事，咱們都一起面對。」

「嗯……你這陣子都跟緊我，不准亂跑。」

「好。」

在床上纏綿低語的兩人，未曾發覺窗外的桂樹上，一隻形貌略為怪異的烏鴉在枝頭上靜靜凝視窗內的人影，即便晚風吹過，晃得樹枝顫顫巍巍，烏鴉都沒有移動分毫。

就只是靜靜地看著。

◆

「咳、咳……操，這危機來得也太快……嘶！」

胸腹上的傷口又傳來一陣抽痛，虞塵忍不住齜牙，青黑色的魔紋自衣領處蔓延而出，在他頸子上繞成一圈項圈般的紋路。

本就不順暢的呼吸還被面罩遮擋著，讓他感覺自己有些喘不上氣來，卻又要打起精神壓抑住體內躁動的慾望，免得他一個衝動就將這一屋子的小奴隸全部煉祭了吞下肚。

此刻，居住著數名少年少女的小屋中，所有孩子都一臉驚恐地躲在離虞塵最遠的角落，明明害怕得要命，卻沒有任何一人敢發出聲響。

他們不知道眼前這名戴著面罩的男子從何而來，又為什麼全身是傷，但他身上不停散發的威壓讓他們怕得幾乎邁不動腿，想叫都叫不出聲。

這男子似乎在躲避什麼，跌跌撞撞地跑進屋子後，就比出讓他們禁聲的動作，隨後自己坐在角落歇息，也不知道何時才會離開。

「嘖、煩死了！」虞塵被痛得整個人都暴躁不已，乾脆伸手扯住後腦上的扣頭，將它一把揑爛。

啪！

扭曲變形的金屬面罩被他扔在地上，他長吁一聲，感覺自己終於擺脫缺氧的狀態，連時不時湧上的暈眩感都減輕許多。

怎麼會搞成這樣的？虞塵萬分悔恨自己小看了長老們對部族內部的控制力，居然連魔尊都監視，並在發現虞塵對屠黎洹的影響力已經超出預期時，決定不再忍受他這個隱患，將他斬草除根。

他發誓自己絕對沒有什麼干涉屠氏內部權力的野心，但沒有人信他。

算了，這都不重要了。

虞塵低頭看著自己的傷口，這是被某個乾元一爪子刨出來的，都過半個時辰了也沒有丁點癒合跡象，更有一股不屬於他的真氣在體內橫衝直撞，讓他必須費心梳理，才不會傷及不久前才靠修煉貫通的經脈。

他只能慶幸，那些長老低估了他的實力，唯一被安排過來解決他的乾元也是個粗心的貨，給他一爪子就當作任務成功，讓虞塵有機會裝死後再趁隙脫逃，開始在屠氏轄下的這座大山裡玩起躲貓貓。

不過虞塵也沒想過就此逃離屠氏，因為他知道這座山的邊境防守有多嚴密，他一個重傷的「通緝犯」是不可能逃得出去的。

他只是要拖時間，拖到一早又去和長老們協商的屠黎洹發現他不見，就會來救他……

完了。

小屋的門被應聲推開，屋外那名男人看著癱坐在角落的虞塵，輕輕嘆了口氣。

「走吧，我不想出手傷你。」

「……藺總管，連您也覺得我該死嗎？」

虞塵看著沉默不語的藺成，半晌後還是認命地起身，搖搖晃晃地朝對方走去。

雖然這是個成天被一堆瑣事雜務圍繞的大總管，但他也是差一線就要渡劫飛升的原魔境修煉者，打一個虞塵還是綽綽有餘的。

藺成也沒解釋自己怎麼知道虞塵會躲在這種地方，更沒有把他當罪犯那樣綑綁起來，只是領著他朝外走去，邁入一條陌生的小徑。

虞塵猜測自己大概要被帶去什麼地方殺了埋掉，也沒多問藺成目的地在何處，就是低著頭走在他身後，好一會兒後才又問了一次：「您也覺得我該死嗎？」

他究竟做錯什麼，才要被屠氏趕盡殺絕？

藺成終於停下腳步，回過頭問：「你知道尊上一早是何故去找長老會談嗎？」

虞塵搖搖頭。

藺成似乎在觀察虞塵的表情，看他的不解不似作假，這才緩緩續道：「其實長老們很早就知道，尊上在偷偷教你《魔神造化功》，畢竟依尊上那性子，他們禁止也沒用，他肯定執意要你修煉，長老們也擋不了。」

「那、那他們為什麼還——」

「因為尊上今天又提了新的主意：他要放棄族長之位、魔尊之位，和你一起離開屠氏。」

虞塵倒吸一口氣，又把自己疼得咧嘴，抱著胸腹上的傷戰戰兢兢地道：「不可能……尊上怎麼會……」

屠黎洹要為了他拋下這一切？這是真的嗎？

「或許尊上只是一時心血來潮，回頭勸一勸他又會回心轉意，不當『落跑魔尊』，但這終究觸及到長老們的底線，不可能再留你在尊上身邊。」

藺成似乎很有耐心，在向虞塵解釋完這一切後，又淡淡說道：「我知道這很矛盾，長老們一方面認定你對尊上的影響過大，一方面又覺得隨意拿捏你的生死沒什麼問題……」

虞塵慘淡一笑，語帶嘲弄地道：「因為他們當我是狗啊，尊上養的一條狗而已。就像他以前養的那些稀奇玩意兒一樣，死了或許會生氣個幾天、殺幾個人洩憤，然後事情就會這麼過了，能有什麼問題？」

藺成默默地看著他，半晌後才又問：「你自己是這麼想的嗎？你只是尊上的狗？」

這回換虞塵沉默了。

他其實也不清楚屠黎洹在心中是如何看待他的，或許有那麼些喜愛之意，但也可能不是那麼深刻。

雖然屠黎洹說要帶他離開屠氏的話，讓他也備感欣喜，覺得兩人或許真的是心意相通的，但萬一……

萬一屠黎洹真如藺成所言，對他的喜愛不過是一種心血來潮呢？

要是他死了，屠黎洹會難過多久？

是不是發個脾氣、殺點東西，然後他的存在就會被徹底淡忘，或是被新的「玩物」取代？

他不知道，他真的不知道。

「怕死嗎？」

虞塵耳邊傳來藺成的問句，在思緒跟上前就已先脫口：「我不想死。」

他不想死，他不甘心！

「果然……」藺成竟露出微笑，然後指著不遠處一座奇怪的屋棚說道：「你對那有印象嗎？」

虞塵本想搖頭，但某個埋藏在腦海深處的畫面卻緩緩浮現，告訴他眼前之物的來歷，那是——

原主的記憶！

「我……從凡界被帶過來時，就是從那個屋子出來的。」

虞塵回憶著這副身體原主的記憶，「看」到還相當年幼的自己被人帶離家鄉，而後穿過一條奇怪的通道，最終來到屠氏的地盤。

「是的，那是一個已經固化的空間界隙，可以連通凡界與上界，是我們去蒐羅奴隸時使用的固定通道。」藺成邊解釋邊領著虞塵走近，推開屋棚的門讓他看見裡面那個奇怪的景象。

那是一個彷彿撕裂了整片空間的「傷口」，內部散發出詭異的七彩琉光，還有陣陣令人心驚的波動。

「穿越界隙，不是串個門那般簡單，要帶諸多輔助辨認的儀器和路引，才不至於在三千凡界內迷失，不曉得自己究竟落到哪處去，或在界隙中被混沌之氣撕裂而亡。」

虞塵看著那道界隙，已經明白藺成打算做什麼，神情複雜地看向這名男人。

「您……為什麼要幫我？」

在分化儀式後給過他一次活命機會，又在歆遙第一次雨露時給了第二次，如今又將給他第三次博取一線生機的門路。

藺成聳聳肩，笑道：「我只是在執行我的任務，送你赴死。至於你能不能活下來，那是你的本事，與我無關。」

「……謝謝。」

虞塵深吸一口氣，然後邁步踏向那道界隙。

沒有任何輔助與路引，他或許在落入凡界前，就會死在空間夾縫中；又或許他成功落入凡界，卻發現那是個比魔界更危險艱困的地方，根本找不到活路。

但他不甘心就這這樣死在屠氏啊。

他不想死。

「要留話給尊上嗎？」

虞塵腳步一頓，但沒有回頭，只是淡淡說道：「跟他說我是自己跑掉的，不是被逼的……這樣他應該生完氣就會忘記我了。」

——再養條新的狗子，養一條比我更乖更聽話的大狗子陪你，你就不會難過了吧？

虞塵一頭栽進那個界隙中，被混沌與失序徹底吞噬。

第十三章：你已經找到我了

轟！

一聲令人膽顫心驚的巨響在這座傍湖的小聚落裡炸開，所有居民都被這白日驚雷嚇得不輕，不少人趕緊躲回家中，只敢偷偷從門窗探出頭，看向聲音的來源。

只見那面積頗為遼闊的湖面上，一道詭異的「皺褶」平空出現，像是有人撕裂了這個空間，裂口溢出一波波琉光，看著似乎有些聖潔的意味。

有些見多識廣的居民倒是知道，這是有人自凡界飛升上界了。

修煉者的渡劫可以理解為被世界「排除」的過程，三千凡界的各界都是有其承受量的，當一個凡人獲得超過凡界能接納的力量時，天道便會落下劫數來消滅這個過於強大的存在。

渡劫失敗，灰飛煙滅；渡劫成功，飛升上界。

修煉者也必須靠渡劫這個過程去突破身體極限，才能邁入下一個修行大階段，所以就算是生來就在上界修煉的凡人，時間到了也會主動下潛凡界，再渡劫回歸，完成晉級。

多數時候，那些被各大仙、魔勢力培養的後代，都有明確的飛升管道，甚至還會有隨行的護道者，渡劫後出現的位置會是固定好的界隙。

但也有憑自身之力渡劫的人，他們會自行撕裂空間，自凡界進入上界。

居民們看著那個顯然是隨機撕開的裂口，緊張地想著會是怎樣的修煉者渡劫完、意外跑到他們這個窮鄉僻壤來？

像這種背後沒人的散修，大多有點亡命之徒的習性，要是一上來就掠劫他們，這種半個修煉者都沒有的小聚落當真擋也擋不住。

就見那道界隙開始湧出令人戰慄的青黑色煙霧，有些居民的臉色立刻白了。

完蛋，這樣子看起來，是……

一道挺拔的人影踉蹌著走出界隙，直接一頭栽進湖水中，他身上環繞著黑煙與跳動閃爍的雷霆，看著就像塊大黑炭一樣，在摔入湖水時炸出一整片蒸氣，水位以肉眼可見的速度下降一節，可見他身上帶著的熱度有多驚人。

待那誇張的水蒸氣慢慢消散，人影緩緩涉水上岸時，他身上的焦黑之處也被湖水沖掉不少，露出健壯結實的身軀，充滿爆發力的肌肉上還攀附著似刺青的黑色紋路，就是那紋路居然會隨著他的呼吸微微閃爍，顯得格外妖異詭譎。

「是、是魔修！」

有的居民嚇得連滾帶爬躲進炕底，還有的跪地對天拜服，祈求神明保佑他們別死在魔修手中。

他們都知道，魔修最喜歡吸食生靈血肉，萬物都可以是他們的養料。

這小聚落的人口，也不知道夠不夠這位魔修大人吞的？

那道人影有些狼狽地爬上岸後，忽地嗆咳幾聲，從嘴裡吐出一團黑糊糊的東西，又見他把吐出的物品放進湖水裡沖洗一番，再拿出來時便能依稀便認出，那似乎是一條細繩。

繩子已經相當破舊，原有的編織花紋都快散開了，顏色似紅似黑，看著髒兮兮的，但那人卻相當寶貝的樣子，輕輕擠掉繩子吸入的水，而後隨意抓起灰黑夾雜的長髮，用繩子束起馬尾。

原來是頭繩嗎？

待臉上的汙漬被洗去，一張英俊標致的臉龐顯露出來，看著相當年輕，但那雙灰眸卻給人一股不符合那年紀的陰冷肅殺，再搭著臉上浮動的黑色紋路，邪異得令人寒毛直豎。

他走上岸邊的小路，最終停在鄰近的一戶人家門口，然後抬手輕輕敲了幾下門板。

屋裡的人發出一聲微弱的尖叫，但那名「青年」並未強行破門而入，只是又敲了一次門，隨後輕輕開口——

「您好，能否借我件衣袍？這般衣不蔽體，著實有些失禮。」青年的嗓音很是溫和，與他那殺神般的外貌毫不相搭。「嗯，借條褲子也行的，我衣服全被那劫雷劈沒了，當真窘迫。」

半晌，那屋門終於打開一道縫隙，一件陳舊的外袍被扔了出來，門又隨即關上，隱約間還能聽到屋裡的人牙關打顫的聲音。

「多謝。」青年勾起一抹笑，這讓他看起來瞬間和善許多。「能否再問一下，此地是何處？仙修或魔修的地界？有無歸屬的門派或部族？」

青年披上外袍，讓自己擺脫一絲不掛的窘況後，才聽到門後的人戰戰兢兢地說道：「這、這邊是魔修終氏的地盤……但、但我們離大部落很遠的，這裡也、也沒有終氏的人駐守……我們只是負責上供一些魚貨和人口而已……」

「終氏？呵，可巧了……」那青年輕笑一聲，又抱拳對門後的人微微行禮。「多謝解惑。最後一問，可知終氏之人何時來收供？」

「……三日後。」

「三日嗎？倒還能忍得住……」

門後的人能聽見青年的低喃聲，等了良久卻沒有下文，鼓起勇氣又拉開一點門縫後，才發現人早就不見了。

對面幾戶屋子的居民也把頭探出來，眾人面面相覷幾秒，都搖著頭表示沒看見那人最後往哪裡走。

「那人說他剛渡劫的吧？」忽地，有個居民小聲問道。

給了對方衣袍的人點點頭，隨後又抱著手打起冷顫。

「他比我見過的所有終氏的大人都要可怕……」

「對、對……感覺被他看一眼就會被吃掉……」

雖然那名青年從頭到尾都表現得相當溫文儒雅，但他身上那洶湧的魔氣卻騙不了人。

這絕對是個殺人不眨眼的魔頭。

「呵，不會吃你們的……」

青年帶著些許笑意的嗓音傳來，卻無人見到他身在何處，只有他的話語縈繞在耳邊，如微風般拂過眾人耳邊後消逝。

「凡人不好吃，沒滋沒味的，修煉者吃起來倒是挺順口……」

◆

虞塵走在林間小路中，一年多未見的景色看著卻還是如記憶中般熟悉，讓他有種錯覺，好似自己不過是才剛離開一會兒罷了。

他隨手又從別在腰間的小錦囊裡掏出一枚血丹，像在吃糖豆般扔到嘴裡嚼著，又有些嫌棄地碎唸：「嘖，雜質真多，難怪都真魔境了還是一掌就能捏死……」

奇怪的是，他明明就走過人群，但那些人卻像是看不見他一般，只感覺好像有陣冷風自身邊流過，再回頭查看時卻什麼也沒見著。

咱屠氏的山頭，大熱天的還颳起陰風了？

虞塵悠然自得地隱身走在屠氏的地界內，內心卻有那麼點怯意，不曉得自己是否該出現在屠黎洹面前。

一年多前，抱著破釜沉舟的決心跳入界隙後，他成功抵達了一處凡界——一個更加凶險惡劣、原始野蠻的地方，他用盡各種手段才活下來，渡劫飛升成功。

不過他也挺感謝那個小世界的惡劣環境，讓他獲得了徹底蛻變的契機，從一個只在修煉室裡打磨境界、中看不中用的「樣子貨」，成為從生死間印證自身武道的真正修煉者。

至於他感謝那個小世界的方式，就是把它整個煉祭了，給自己渡劫飛升增添能量。

我也是個吞吃過小世界的男人了，這就是成長呢！

虞塵哼著小曲，臉上的魔紋不時浮現又消失，若讓其他修行《魔神造化功》的人見到，八成會躲得遠遠的。

魔紋不受情緒引動就胡亂閃現，這是隨時要瘋魔的節奏。

「餓三天就吃到這點難吃的口糧……等等見到尊上時就哭餓吧？他看我可憐就不會生我氣了嘿嘿……」

虞塵露出有些傻氣的笑，但隨即又沉下臉，自言自語道：「尊上搞不好已經忘記我了，我回來做什麼？要是看到他養了新的狗子，我會嫉妒得面目全非呀……」

他又走了一陣，嘴裡不停唸著：「總得見一面啊，總是要的……他要是養了新的狗子，我就殺掉，讓他再養我就好……對，這樣不錯……夠了！」

一股魔氣自虞塵身上炸出，本來開始恍惚的眼神立刻聚焦，臉上憨傻詭異的表情也收斂不少，換回本來的肅穆清明，躁動不已的魔紋也逐漸消失，隱入皮膚。

「嘖，這症頭還真是好不了了……」虞塵拍著腦門，和方才那個半瘋半傻的樣子判若兩人。

晉升快也非全都好處，人家花一百年修煉，他卻花不到兩年走完這條路，肉身勉強受得住這種成長速度，精神卻崩潰了不少次，搞得他時不時就有點瘋癲，一不注意就開始胡亂殺生。

用他上輩子的世界觀來說，這大概是修煉時，不小心煉出個神經病的副人格了。

起初他只是想著要盡快提升自己，讓自己強大到在上界也能有一席之地，就不用再害怕屠氏的追殺，也有機會再回到屠黎洹身邊。

但為了突破境界而掠奪太多生靈後，虞塵開始忘了自己為什麼要變強，只覺得不停吞噬能量的感覺太好了，好到令人上癮。

倒是渡劫之後，被劫雷劈得精神正常了點，逐漸回想起自己最初的目標是什麼後，反而不再是那副瘋瘋癲癲的痴傻模樣。

「是不是要再找個地兒多劈兩次雷？只劈一次沒根治啊……」虞塵有些哭笑不得地想著，不過也就是說說罷了。

既然已飛升成為真魔，凡界就容不下他的存在了，他要是強行「下凡」，結果只有一個，就是把那處小世界摧毀，更會因此招來「天罰」，白挨雷劈還不會提升道行的那種。

想著這些亂七八糟的事，虞塵懷抱一顆忐忑的心走上屠氏的山頭，原本緊張期待的表情卻逐漸凝重，直到變成純粹的殺意。

「為什麼……為什麼一點也沒有……」

他為什麼聞不到屠黎洹的氣息？一點氣息都沒有！

他催動體內真氣，直接一口氣躍上山腰，龐大的魔氣擾動讓守衛地界的屠氏侍衛全被驚動，但他們卻追不上這抹魔影。

噹、噹、噹！

整座山隨即響起了代表著「敵襲」的警鐘。

虞璽轉瞬間就落在那棟熟悉的院落前，卻依舊沒感受到那股令他魂牽夢縈的氣息，反而充滿讓人厭惡的陌生信引。

守在院落前的幾名侍衛看到他出現也是一驚，沒想到會有人直接殺到「族長」的居所前，而在認出來者是誰後，更是嚇得如同見到鬼魂，居然沒一個人敢上前禦敵。

「滾！」

虞璽身上激盪出令人戰慄的威壓，不等那些人反應過來就撞開院門，「滾」得快的還好，來不及「滾」的人竟是直接被他散出的真氣撞碎身軀！

他衝入院門，發現屋樓配置沒什麼變化，但他以前在院子裡栽種的那些盆景早沒了，變成一堆奇形怪狀的生物標本……

那全是屠黎洹的寵物做成的！

噹、噹、噹！

警鐘響徹山林，院落的新屋主卻充耳不聞，更沒察覺那名大敵都已經打上自己家門，負責巡視的護衛與僕役倒是反應過來了，卻沒人有膽上前阻擋虞璽。

虞塵看向已經空置的那棟屋樓，所有被屠黎洹豢養的稀奇生物基本都成了院子裡的標本，除了樓前那隻被眾多鐵鐐束縛、看著髒兮兮的大貓。

大貓抬起頭嗅了嗅，一雙琥珀色的眸子漸漸發出閃光。

「昂！昂吼！」

「是，是我，你的好朋友大狗子回來啦！」虞塵笑嘻嘻地應了聲，瞇起的眸子閃爍青光，魔紋又自衣領處慢慢向上攀爬，覆蓋住他英俊的臉龐。

他沒有上前接觸來福，而是轉身走入主樓，尚未接近便聽見淫靡的喊聲，還有濃烈到令人慾火高漲的信引氣息。

他推開屋門，映入眼簾的是浪蕩至極的畫面，面容絕美的坤澤被按在床榻上，身上滿布歡愛的痕跡與濁液，表情似是淫亂，卻又透著一絲癲狂，哭喊著破碎的字句，被跨騎在他身上的乾元肏得欲仙欲死。

「欸？似曾相識了這是？」

「是誰！給老子滾出——」

虞塵歪著頭，臉上有著詭異的笑意，上前伸手就給對方一巴掌。

啪！

那是某種東西爆碎的聲響，還伴隨著令人作嘔的腥氣。

不再受到箝制的坤澤依舊癱在床上，失焦的眼神裡毫無生氣，卻又在虞塵走近時緩緩凝聚，啞著嗓子顫聲求饒：「快、快肏死我……我還要，還要……」

「不，你不要。」

虞塵彎下身，輕輕扶起歆遙身子，張口咬住他後頸。

「嗚！」歆遙渾身一顫，異常高漲的情慾在乾元注入的信引下迅速消融，一片混沌的紫眸頓時清明不少，卻怕得不敢動彈，不曉得這名突然出現的乾元為什麼要標記他。

當他看見那張既熟悉又陌生的臉緩緩出現在面前時，終於「哇」一聲哭了出來。

「虞、虞塵……你回來了、嗚……嗚嗚……」

歆遙感受那雙強而有力的臂膀將他抱起，一如過去那樣，穩健又溫暖，讓他感覺不到一絲顛簸。

「對，我回來了，但……」

他聽見虞塵輕聲提問——

「我的尊上呢？」

◆

當屠氏的長老們帶著族內堪用的戰力趕來此處時，看到的畫面卻令他們心驚膽跳，本就不高的士氣立刻又掉了一大截。

涼亭下，一道瘦弱的倩影坐在扶手上，身上裹著一件黑色大氅，身後還站著他的照護者，靜靜地由他倚在自己身上，閉眼小憩。

在兩人不遠處，則是一名上身打著赤膊的男子，正拿著水桶不停給那頭巨大的虎妖淋水，再用大棕刷替牠刷洗毛髮。

但如此充滿日常氣息的畫面外圍，卻是一片血腥殘暴。

一具具被吸乾血氣的乾屍躺倒在院落四處，唯獨一具渾身赤裸的男屍被倒吊在屋樓的橫梁上，頭顱和小半邊肩膀不翼而飛，整具屍體隨著微風吹拂而晃蕩，甩出的血液打溼石造階梯，流淌成一條怵目驚心的血色小溪。

「來福啊，我跟你說，洗乾淨了就漂亮了，兄弟等等就給你梳個最拉風的髮型……不可以，這個是我才能吃的，你亂吃會拉肚子……行了行了，哭個毛呢，欺負你的人我都給拍死了……哦，你不早說，我等等也去把那混蛋打死……」

男子獨自對著那頭虎妖叨叨絮絮，還不時從腰帶上掛的錦囊裡掏出血丹，一顆接著一顆吃下，坦露出來的後背有著漂亮又結實的肌理，肌膚上勾勒著繁複的青黑色紋路，但圖案卻從背脊中間分割，僅左側有紋路，右側卻是一片潔白。

「怎麼才來啊？屠氏這守備能力也太糟了吧？我都來多久了你們才湊齊人，這是隨便一個乾元都能打上山的意思嗎？太扯了吧！」

男子轉過身，英氣的左臉上同樣閃爍著魔紋，嘴角勾起邪異的笑，但右邊的臉看著卻又沒有任何表情，彷彿一個人被撕裂成兩半，同時承載兩種性格。

「虞塵！」

終於有人喊出聲來，虞塵放下刷子，露出燦爛至極的笑容，朝對方揮手道：「唷！屠欽光，你個老混蛋還沒死吶？」

「你這傢伙怎麼可能——呃！」

二長老話還沒說完，虞塵的身影已經消失，下一秒便出現在他面前，直接一掌轟入他心窩——

砰！

沒有人來得及反應，離二長老最近的幾人只覺得有股溼熱的氣息灑在身上，鼻腔立刻被令人作嘔的腥氣充盈；再回過神時，身旁哪裡還有二長老的身影？

留下的，只有一具僅剩下半身的屍體。

「哦，他剛剛要說啥來著？」虞塵甩掉手上的血，一臉純真地問著四周的人，卻沒人敢應話。

他們都清楚看到虞塵身上的魔紋在變動，再加上他這種詭異的情緒反應，很怕他當場瘋魔，直接把整個部族屠光。

良久，藺成終於神色複雜地自人群中走出，看著虞塵這副異樣欲言又止。

「虞塵……你活下來了。」

「姑且是活下來了，呵、呵呵……」

虞塵笑著笑著，卻突然舉起手，接著猛拍自己腦門好幾下。

失控的魔紋逐漸隱沒，氣勢驟變的虞塵輕嘆一聲，隨後才用凝重的口吻問：

「藺總管，我聽歆遙說過這一年發生的事了，但我不明白……您當初沒有轉述我的話給尊上嗎？」

藺成觀察著虞塵的神色，不再像從前那樣，說話時總會帶著點上位者的優越感，而是將姿態擺得很低，垂著頭應道：「有的，我將您的話完整轉達給屠……給尊上了，但他執意要找到您，聽您親口和他說，他才要相信。」

「嗤，兩個都是瘋魔，簡直絕配。」

涼亭處，稍微恢復氣力的歆遙開口就是一記嘲諷，他身後的子臨無奈地搖搖頭，乾脆伸手捂住那張擅長惹禍的嘴。

虞塵懶得搭裡歆遙的奚落，而是看著聚集在眼前的屠氏族人，僅剩的大長老跟另一名乾元都被他的視線看得忍不住退後，就怕自己步上二長老的後塵，連遺言都來不及說完就直接辭世。

在聽到歆遙轉述這一年的劇變時，虞塵是不相信的，但看到眼前這七零八落的人馬，也不得不面對現實。

沒了屠黎洹的屠氏，就像沒了牙的虎，失去了狩獵者的身分，甚至成為被他人狩獵的羔羊。

至於屠黎洹為什麼會離開？

都是因為他，虞塵。

「所以，你們都不知道尊上如今在何處嗎？」

藺成搖搖頭，小心翼翼地解釋：「起初，尊上用的是後山那個界隙去尋您，但因為接連破壞數個仙修和其他部族把控的凡界，引來他們的群起撻伐，屠氏不得已……不得已罷黜了他的身分，將他逐出部族，平息眾怒。」

「而後尊上又強闖其他部族把守的界隙，導致仙魔兩方決定聯合通緝他，他最終只能選擇退入妖區，一邊躲避追殺、一邊找尋自然生成的界隙……」

藺成能感覺虞塵身上的氣息又躁動起來，話都不敢繼續說下去，只能誠惶誠恐地等著對方發話，他再出聲應答。

虞塵感覺自己的心在抽痛，各種悔恨與憤怒充斥他腦海，讓他又快被另一個瘋癲的人格奪去神智，做了好幾次深呼吸才冷靜下來。

「那個固執的笨蛋……」

他的尊上，真是傻得可愛。

屠黎洹壓根不信虞塵會逃跑，堅持要找到本人討個說法，但三千凡界何其遼闊，他要如何從中找到一個人？那簡直無異於大海撈針。

更何況，他根本無法確定虞塵有沒有活著落到下界，但他就是堅定地認為對方沒有死，只是「丟了」。

自家大狗子走丟了，他這個主人當然要去把他找回來。

屠黎洹這任性的做法帶來了一系列問題，最嚴重的莫過於他一個魔尊境的修煉者硬闖凡界，導致那些世界無一不是嚴重破損甚至湮滅，讓把控部分凡界做為自家資源的仙修門派與魔修部族氣個半死。

到了屠氏內部忍不了他、外界也群起攻之後，屠黎洹只能選擇遁入一片混亂的妖區，繼續尋找能從凡界撈出虞塵的契機。

屠氏在這一場「鬧劇」下也損傷不輕，為了選出繼任魔尊之位的人而內鬥了一番，搞得六個長老沒了四個、五名乾元互相幹死了三名，已經自損不少元氣，其他部族又趁火打劫，才會弱得連虞塵打上族長家，也沒有多少戰鬥力能應對。

他們現在光是支撐下去都不容易，連祖先世世代代傳下的《魔神造化功》都被搶走，而且連搶的是誰也不知道！

簡直可以在腿上寫一個大大的「慘」字。

見虞塵不發一語，大長老終於踏出人群朝他走去，恭手低頭道：「虞塵，現如今，你是屠氏最強大的戰力，你留下來，族長之位與魔尊之位都是你的，丟失的功法也有機會奪回。屠氏上下都會以你為尊，任你差遣。」

虞壥還沒應話，一旁的歆遙突然拍開子臨的手，嘲弄地道：「屠白州，你要慶幸聽到這話的不是剛剛那瘋子，不然你人早沒了。這麼不要臉的話也講得出來？真不愧是魔修！我、嗚嗚——」

看著又被手動「消音」的歆遙，虞壥無可奈何地搖搖頭，對大長老道：「恕難從命。」

「屠氏現在是有些落魄，但要供你一人成就魔神還是綽綽有餘——」

「我不在乎。我要的只有我的尊上，屠氏能給嗎？」

虞壥也沒打算聽大長老的回應，逕自對一旁的藺成道：「藺總管，能再麻煩您替我準備行囊嗎？我要騎來福去，所以東西也不需太多，牠背不動。」

「沒問題，我會替您準備足夠的乾糧與飲水。妖區的地圖我們也有，但準確度不是很高，您當參考就行，勿盡信。」藺成說完，又補充道：「那地圖，我也給過尊上一份。」

虞壥勾起笑，仍如當年那般朝氣昂揚，笑道：「藺總管果然是最可靠的哈！」

藺成的笑卻有些苦澀，忍不住道：「您沒怪我當時出的餿主意就好……」

說實話，藺成也沒想到虞壥這一走，屠黎洹為了找人都魔怔了，而虞壥回歸後看著也不太正常，兩個本來過得逍遙快活的年輕人，都變得殘缺不全。

難道是兩名乾元在一起違了倫常，上天才讓他們歷經這樣的磨難？

「我都欠您三條命了，怎麼可能怪您？」

虞塵又回頭刷洗來福，背對著眾人續道：「就這樣吧，我等會兒就走了，屠氏不用再看到我這張惹人厭的臉了。」

他以為變強之後再回來，就能在屠氏面前揚眉吐氣，不用再怕他們找些莫名其妙的理由傷害自己。

可真正面對這些他以前曾畏懼過的人，他卻發現自己原來也不懂自己，不懂那份執意要活著的念頭是為了什麼。

他活下來不是為了某天能擺脫對屠氏的恐懼、擺脫對命運的無力。

他活下來，只是想多陪陪屠黎洹，哪怕只多一天，也好。

大長老看著虞塵的背影欲言又止，但最後還是被藺成勸著離開了，不再妄想這名強大的乾元魔修可以留下來「鎮宅」。

屠氏在這件事情上搞砸了，而且沒有任何轉圜餘地，還是找條新的路走吧。

見旁人都離去，一旁的歆遙才開口問：「你去找那魔頭前，能不能幫我一件事？」

虞塵放下刷子，看著這名同樣命運多舛的坤澤，心中也是諸多感嘆。

屠黎洹離開後，歆遙自是成為其餘乾元爭搶的「戰利品」，並在確定歸屬權後迎接他十多年前就該面對的命運，被當作爐鼎與洩慾工具，被他的新主人凌遲得都開始有心智崩潰的傾向。

若虞塵再晚點回來，或許歆遙就會如同他記憶中那本書所寫，最終淪為喪失心智的性愛傀儡。

「要我永久標記你嗎？」

被永久標記的坤澤，雖然還是會歷經雨露，但不會再被其他乾元強用信引催逼，被高強度的反覆發情殘害身心。

「讓我跟屠黎洹搶男人，你嫌我命長？」歆遙嗤笑一聲，嫌棄道：「你也不是我的菜，別饞我身子，給你咬一口就是極限了。」

好嘛，劇本重複了這是。

虞塵也笑了，搖搖頭道：「我就服你這張嘴……行吧，我替你擔下這事兒了，誰阻撓你我就殺誰。」

「你知道我想做什麼？」歆遙有些詫異，但馬上又無奈地笑道：「也對，你一直都挺懂我的。」

「你們在說什麼？」一旁的子臨有些緊張地問道，搭在歆遙身上的手下意識地收緊了些，像是怕一鬆手，懷裡的人就會不見。

「我受夠這個地方了，我要像虞塵那樣，從界隙跳下去，看會落到哪裡，重新開始我的人生。」

歆遙回頭看了眼子臨，從對方眼中讀出了驚訝與焦急，淡淡說道：「如果我真的爛命一條，搞不好直接死在界隙裡，正好也能了結我這可悲的一生……你覺得呢？」

子臨支支吾吾半晌，最後卻垂下頭，低聲道：「你該選擇你覺得好的，不用管別人說什麼。」

「那你要不要跟我走？你都養我這麼多年了，應該知道我很嬌生慣養的，一個人在陌生的地方求生，肯定會很慘。」

「我、我……」

「行了你們兩個，我老婆都不知道丟哪去了，還在這裡撒狗糧給我看？是想逼瘋我嗎！快給我滾回去收行李，等等路過界隙就把你們扔進去自求多福了！」

兩人也不知道「撒狗糧」是何意，但見虞塵那副暴躁的樣子不似做假，當然聽命離開，免得那個瘋癲的人格又冒出來，不分青紅皂白就把人打殺了。

這一院子屍體都還熱著呢！

虞塵趕走在他面前「放閃」的兩人，仔細給來福刷洗一番，終於讓牠看起來有以前的風貌後，這才笑著點點頭。

「走吧，咱們去找尊上。」

「嗷吼！」

「對，你主人，我老婆。」

◆

屠黎洹坐在陰涼的樹蔭下，身上那股刺痛著他的熱意卻毫無減退，且每吸一口氣，他的肺就像被灼燒一次，沒一會兒就疼得嗆咳起來。

他方才又去了一個小世界，沒找到虞塵的蹤跡，又挨了好幾道天罰的雷火，更是引動他尚未根除的舊傷，讓他虛弱得差點無法回到上界休整。

他在樹下又坐了會兒，手顫顫巍巍地從懷裡掏出一塊金屬疙瘩，旁人也看不出那塊金屬是何來歷，似乎有點像一塊罩子，但又扭曲變形，像被什麼力大無比的人徒手揉捏過，上面還能看出深陷的指痕。

屠黎洹的指尖在那塊金屬上輕輕游移，嘴裡則輕聲自語道：「第一百六十二個……下個或許就能找到你了……沒關係，三千凡界總是有數的，肯定能找到的……」

他沒聽見那道逐漸靠近的腳步聲，直到視線被人影遮擋，他才緩緩抬起頭，看向來者。

那是一張總是出現在他夢裡的臉，但又有些不同，看著似乎更成熟些，也更帥氣了，有著他未曾見過的銳意。

但此刻，那張臉卻在哭泣。

我睡著了嗎？這是在作夢嗎？

他緩緩抬起手，那人隨即跪坐在他面前，握著他的手放在嘴邊輕吻。

「別哭。」屠黎洹輕聲道，伸手撫摸那張臉，開口的嗓音是那樣虛弱，卻又充滿堅決。

「我就快找到你了，就快了……說好要護你的，我會護你一輩子……別哭了，很快就找到你了……」

「尊上……」那人終於開口，嗓音滿是痛苦，卻硬是扯出一抹笑容，將臉湊過來，輕輕抵著屠黎洹額際。

屠黎洹眨眨眼，連他自己都不知從何而來的哭意瞬間湧上，淚水不停自那雙紅眸溢出，打溼了衣襟。

他聽到那人又哭又笑地開口——

「黎洹，我就在這裡，你已經找到我了。」

尾聲

虞塵擰乾手上的毛巾，輕輕擦去屠黎洹身上的血汙，途中換了數十盆水，才終於將對方的身體清潔完畢，可以開始專心替他治療傷勢。

當他花了一個多月的時間，終於在妖區一處地谷找到屠黎洹時，他心都要碎了，沒想到在他眼中如星辰般閃耀的人，會變得如此狼狽、如此脆弱。

他當時真的以為屠黎洹快死了，那副被天罰雷火劈傷的模樣實在太怵目驚心，似乎下一秒就會嚥氣。

好在魔修的身子會自動擷取周圍生物的生氣，虞塵輕易就能給對方吸取自己的生命力，哪怕屠黎洹因為是無意識地接受，沒有精確疏導這些能量，所以大半都逸散掉了，但對如今的虞塵來說，這點浪費不足為道。

初步穩定傷勢後，虞塵又發現屠黎洹的境界也出了問題，居然從魔尊境跌落到真魔境，除了過往對肉身的打磨時間遠超於他，所以體質還是比較強悍之外，單論修煉境界和體內的真氣量，居然比他還差！

他的老婆哦，一直捧在掌心裡疼的老婆，居然把自己折騰得一身被天罰劈出來的傷，連境界都掉了，體內經脈氣血還亂成一團，隨時可能瘋魔！

這是要心疼死他嗎！

虞塵想著想著又哭了，雖說男兒有淚不輕彈，但寶貝老婆變這樣他真的想死的心都有，哭瞎雙眼都不夠表達他內心的痛！

悲傷，辣麼大！

大概是哭得太大聲了，本來累暈過去的屠黎洹眨著眼醒來，看到他家大狗子正在以淚洗面，先是有些恍惚，隨後才想起不久前的重逢，也跟著哭了起來。

「哇，尊上，您別哭，您哭了我更心疼了！」

虞塵抱住屠黎洹，像是恨不得把人揉進懷裡，撫著他銀白的髮絲，哭哭啼啼地道：「都是我不好，我不該走的，我不該走的嗚嗚嗚……」

屠黎洹沒虞塵那麼激動，但心中也是又喜又悲，蹭了蹭他的胸膛，感受縈繞在身邊的熟悉氣味，哽咽著道：「是我不好，我沒保護好你……每次都這樣，明明可以保護你，卻總是讓你受傷……」

雖然藺成沒有直說，但屠黎洹也沒蠢到相信虞塵會無緣無故跳入界隙，肯定是為了活命才出此下策。

他就是個言而無信的魔尊，口口聲聲說要護著他家狗子，但沒有一次做到。

這沒用處的破魔尊，不當也罷！

「尊上是最好的，尊上沒做錯任何事！」虞塵堅決地道，又低頭親了好幾口屠黎洹的臉，這才有些沮喪地問：「您為什麼……為什麼不忘了我就好呢？我不值得您這樣、這樣子……」

屠黎洹抬起頭，看著虞塵那雙盈著深情的灰眸，那視線就與他記憶中的一模一樣，依舊真摯得令他悸動不已。

他曾經不懂虞塵所謂的喜歡是何意，直到自己瘋魔般找尋他的身影，才知道那種感覺是什麼。

那是想要一輩子和他在一起的渴望，是每和他多過一天就能感到幸福的心意，明明一點也不複雜，他卻等到虞塵離開自己，才恍然明悟。

他懂得太慢了，虞塵還願意接受他嗎？

「虞塵，我也可以喜歡你嗎？」

聞言，虞塵愣怔良久，忽地低頭吻住屠黎洹的脣，懷念的氣味在口腔中蔓延，被勾動的信引再度交融在一起，讓兩人都沉醉在這久違的深吻中，無法自拔。

「可以，當然可以，我的尊上……」虞塵輕舐屠黎洹的脣角，不敢表現得太激動，就怕傷到虛弱的戀人。

屠黎洹卻不管這些，主動跨坐到虞塵身上，貼著他的頸子嗅聞他的信引，語氣略帶忐忑地道：「那你……你還喜歡我的，對吧？」

他也不曉得虞塵這一年多都經歷了什麼，只知道眼前這男人變得甚至都比他強大了，想去征服別人也是簡單無比的事，不一定還願意把目光繼續留在他身上。

虞塵被問得心裡一酥，淺笑道：「不是喜歡了，是愛。我愛你，黎洹。」

屠黎洹抬起頭，眼神有些緊張與困惑，追問：「愛跟喜歡不一樣嗎？哪個比較好？」

我老婆怎麼可以這麼可愛？我要死了！

虞塵又親了一口屠黎洹，笑著解釋：「喜歡多到無法估量了，就改稱愛，所以愛當然比喜歡更好。」

「那……我也愛你。」屠黎洹點點頭，信誓旦旦地道：「總之，與你對我的感覺相同。」

在尋找虞塵的日子裡，他有很多時間去回想兩人過往的點點滴滴，才意識到之前沒有及時回應虞塵的表白，其實有多令對方傷心。

他還沒想通「舔狗」的意思，但虞塵那一聲輕笑中的自嘲之意有多強、那種笑罵自己一廂情願的無奈感有多深，屠黎洹已經悟得明明白白。

以後不會再這樣了，虞塵對他付出多少，他就回以相同的情感，絕對不會少給絲毫。

或許還會給得更多一些？誰知道呢。

屠黎洹在這邊認真地想著「情感等量交換」這件事，那邊的虞塵倒是快撐不住了。

不行，快被萌到心臟病發了！

虞塵倒是想忍著把人撲倒的衝動，可身上的信引卻沒打算安分，更別提他的魔紋還張狂地攀上臉，讓屠黎洹立刻感受到戀人的強烈渴望。

不過，看到虞塵這狀態詭異的魔紋，屠黎洹頓時皺起眉，憂心忡忡地問：「你的魔紋怎麼變成這般？你解開衣服，我看看是怎麼回事……」

虞塵乖乖扯開衣領，袒露出自己結實的上身，同時對屠黎洹說道：「在凡界的時候，我有幾次晉級得太莽撞了，精神出了些問題……你別擔心，我現在已經好多了！魔紋這個、這個也不影響什麼，或許等我境界再高些，就會恢復正常了？」

屠黎洹細細看著虞塵僅出現在半邊身子的紋路，白皙的指尖滑過他的肌膚，耳邊聽見對方輕描淡寫地說自己魯莽晉級，心裡有些酸苦，忍不住低頭親吻他的胸膛。

「你是……為了快點回到上界才……」

「當然，我無時無刻不想著快點回到你身邊。雖然我也很怕你早就忘了我，但我還是想、想再見你一眼……」

「我從未忘記你。」

兩人凝視著對方的眼眸，在這一刻都感受到同樣濃烈的情意。

這一年間，他們分別受了多少苦，都是外人難以想像的，但在重逢的那一刻，他們對彼此沒有半分怨懟，心中的苦澀全化作最純粹的愛戀，只想與對方廝守終生。

「虞塵，我想要你。」屠黎洹勾住虞塵頸子，本就赤裸的身子在對方身上輕輕蹭動，垂著眼簾低聲道：「想要像以前那樣，讓我很舒服的……」

虞塵溫柔地撫觸屠黎洹的身軀，內心早就躁動不已，卻還是按捺著慾望輕聲說道：「你還有傷，再多休息幾日吧……」

「你讓我採補些精元，傷一下子就能好。」屠黎洹低頭蹭著虞塵頸子，口氣略帶執拗地道：「你不是我的爐鼎嗎？輔助療傷也是爐鼎的功能！」

虞塵勾起笑，實在抵擋不住愛人的撒嬌，將人放倒在蓆子上，貼著他耳際說道：「我會餵飽你的，不管是用我的精元，或是我的……呵呵……」

屠黎洹耳根發燙，被虞塵染上情慾的低啞嗓音撩撥得渾身發抖，白皙的肌膚也開始浮現淺淺魔紋，鼻息亦跟著粗重起來。

虞塵還是那般耐心與溫柔，小心又愛憐地撫摸屠黎洹的身軀，在他身上留下細密的吻，將他親得渾身酥軟，情不自禁地張開腿，撫觸自己的私處。

「我們、一起……嗯嗯……」

屠黎洹的脣瓣又被虞塵叼住，剛伸手要套弄兩人的性器，就被虞塵的大手直接握住，放在一起摩擦那兩根肉棒，熱燙的掌心很快就感受到一股溼潤，沾上帶有兩股信引的精水。

虞塵搓揉幾下屠黎洹的性器頂端，將指尖沾溼之後便直接探入緊縮的後穴，不過馬上就發現自己是多此一舉，因為熱燙的內壁早就一片溼滑，他的指節剛陷入些許，淫水便從縫隙擠出，淌溼他的手心。

屠黎洹無可抑止地晃起腰，感受虞塵的手指在體內抽插頂弄，身體更加躁動不安，支支吾吾地說道：「果然只有、嗚……只有聞到你的味道……才會、才會……」

「我的味道？」

「嗯、喜歡……聞到就好舒服……嗚嗯……」

虞塵俯身舔了口屠黎洹的乳尖，又用牙齒輕咬幾下，見對方被激得渾身發抖，不禁調笑道：「聞到我的味道就溼了？尊上的身子好色……」

屠黎洹被說得面紅耳赤，忽地背過身，將髮絲撩到一側，露出他白皙的後頸。然後虞塵就聽他強忍著羞赧，低聲說道：「咬我。」

他也沒管身後的人是什麼表情，繼續垂著頭道：「我明白你以前為什麼能臣服於我，因為你愛我……我也可以對你臣服、當你的坤澤……我知道我是乾元，你標記不了我，但我還是想要你咬我……」

屠黎洹也不曉得自己在說什麼，此刻的他只想徹底屬於虞塵，就像一名坤澤徹底屬於一名乾元那樣，被烙上印記、被套上頸圈，成為對方的所有物。

這或許就是他從不討厭虞塵信引的因由，他註定要被這道氣息征服，哪怕他也是一名乾元，本不可能被另一名乾元標記。

曾經是他圈養虞塵，此刻卻反了過來。

而他甘之如飴。

他沒聽見虞塵的回應，但後頸隨即被利齒咬住，在他發出甜美的哀吟時，肉棒也一口氣肏了進來，徹底撐滿他的後庭。

「嗯啊！」

屠黎洹弓起身，在虞塵的信引注入後頸的腺體內時，整個人都被強烈的快意淹沒，耳邊還能聽見充滿獸性的喉音，令他興奮得渾身顫抖。

粗大的肉莖開始在體內猛烈抽插，屠黎洹舒服得趴下身子，高高昂起的臀部被虞塵扣在雙掌間，後穴貪婪地吞吐著肉棒，臀肉被頂得一顫一顫，交合處一片汁水淋漓，雙腿間更積起一攤兩人肏出來的淫液。

但哪怕挺入的速度相當迅猛，虞塵依舊將力道控制得極好，頻頻撞擊著屠黎洹的敏感點，把人肏得嬌吟連連，也不忘將手往前探去，套弄對方的性器，讓人被前後堆疊的快感包夾，很快就攀上高潮。

「嗯、嗚嗯、哈啊……虞塵、虞塵……」

「我在……」

虞塵柔聲應和著，摟緊他想用盡一切去寵愛的戀人，頂著胯將肉棒肏至最深處，被內壁傳來的緊縛感吸得渾身舒爽，同樣瀕臨洩出。

「我愛你，我的尊上……」

「我、我也愛你……哼嗯！」

虞塵又一次咬住屠黎洹後頸，像所有乾元在標記坤澤時那般，咬著腺體的同時將熱燙的精液全數注入對方體內，永遠留下自己的氣味。

這種舉動對兩名乾元來說毫無意義，但他知道這麼做才能讓屠黎洹解開過去埋藏下的心結，讓愛人明白自己從未有過怨言，始終甘願為他奉獻一切。

「嗯啊啊啊！」

屠黎洹被洶湧灌入的精水撐得下腹一緊，前面射的精液都稀薄如水，後穴更是不停擠出混雜兩人信引的淫液，高潮一波接著一波，直至身體感到一陣虛脫，抽搐著向旁癱倒。

虞塵撈起屠黎洹的身子，揉著他後頸上的咬痕，輕聲說道：「黎洹，你不是我

的坤澤，我不會強擄你。」

「唔……可是……」

「我們早已屬於彼此，毋須標記。」

屠黎洹有些迷茫，還不知道心裡原先那一點疙瘩已經被虞塵剔除，耳邊傳來對方略帶笑意的嗓音，說道：「但這可以當作我們的情趣，如何？」

「那……我也咬你？」

「嗯，想咬哪裡都可以。」

總感覺自己似乎被調戲了一番，屠黎洹又鼓起頰，然後還真的張口咬住虞塵後頸不放，直到對方疼得哇哇大叫才鬆口。

「尊上，您這不是標記，是要啃掉我後頸肉啊！」

「哼！」

虞塵被屠黎洹這耍脾氣的樣子弄得心癢難耐，正想開啟第二輪「療傷輔助」，對方卻先開口問：「你會想回去屠氏嗎？」

「回去？為什麼？」虞塵先是有些訝異，繼而續道：「還是你想回去？也對，那畢竟是你的家——」

「不，我只是在想，修行若還想繼續前進的話，得回屠氏才能修煉《魔神造化功》的後續功法……」

屠黎洹看著虞塵，又有些不肯定地道：「你的修行，是被我強逼的，我從沒問過你的意願……我不知道你未來會想怎麼做……」

聽屠黎洹有些沒頭沒尾地叨絮半晌，虞塵這才明白對方想表達的意思，其實就是對兩人今後的生活目標感到困惑不安罷了。

畢竟對屠黎洹來說，他的人生一直都很單純，就是修煉，然後早日成就魔神、庇護宗族，未曾有過第二條路可以選擇。

現如今，他和虞塵離開他最熟悉的部族，不再需要擔任族長、沒有成為魔神的責任，反倒不曉得今後該何去何從。

虞塵想了想後，慎重而坦然地答：「老實說，我對修煉沒那麼大欲求，但我知道你喜歡，我也願意陪著你繼續走下去。不過，我不想回屠氏，我討厭他們。我最想要的，是跟你過自己的日子，別有任何人來叨擾。」

屠黎洹勾起笑，很高興能聽到虞塵說出明確的想法，而不是像過去那樣，永遠只遷就他一人，便點著頭應道：「好，我們就在這裡待著，不回去。練不練就魔神，也無所謂，我也只想和你在一起。」

聞言，虞塵低頭輕吻屠黎洹耳畔，語帶笑意地開口——

「成仙成魔，豈有與你成雙成對快活？」

番外：說好的荒淫，雖遲但到！

屠黎洹長吁一聲，腥紅的雙眸緩緩睜開，身上波動的氣息跟著趨緩，隨後回歸常態。

然後他一轉頭，就看到已經徹底睡死的虞塵。

「你……嘖。」

見虞塵這副樣子，屠黎洹真是好氣又好笑，很想伸手把他家大狗子擰醒，但最後還是決定放他一馬。

身為一個天資驚世駭俗的修煉奇才，虞塵卻沒有半點精進自己的興趣，本著「三天打魚，兩天晒網」的修行態度，在浪費天賦這點上表現得淋漓盡致。

屠黎洹偶爾會很氣虞塵這般糟蹋自己的潛力，但一想到對方花不到兩年的時間渡劫飛升成為真魔，為的就是再見自己一面，他便氣消了。

虞塵前進的動力，從來就只有屠黎洹一人，他能為屠黎洹做到任何事。

只是，屠黎洹自己也有些念想，會想著雖然以他們兩人如今的境界，要活上幾千年是件易事，卻還是遠遠「不夠」。

如果能成就魔神，那壽元將會無止盡地拉長，幾乎可以說是與天地同壽的地步。

他很貪心，千年太短、萬年亦如是，他只想永遠和虞塵在一起。永遠。

而他很清楚，自己一旦說出這個想法，虞塵肯定會馬上改掉「懶惰」的習性，為了達成他的願望而拚盡全力，說不定一回頭就馬上晉升也說不定。

屠黎洹真是既深愛又痛恨虞塵這種性子，這種凡事遷就他一人、似乎連活著的意義都只有他一人的偏執性子。

他是個不服輸的人，唯獨在感情上，他承認虞塵對他的愛意遠超一切，自己都不曉得該如何匹敵。

這讓他的腦子被矛盾感充斥，既想要虞塵陪他走到天地消亡的那一刻，又不想要虞塵是為了「取悅」他才陪他走這一遭。

所以，該怎麼讓他家的大狗子能自發又無壓力地修煉呢？

是不是可以從兩人的共同「興趣」下手？比如說……

另一頭，還不曉得自己將面對什麼的虞塵睡得正香，但很快又被「更香」的氣味弄醒。

「唔……黎洹，怎麼了？你的氣息……需要採補是嗎？」

虞塵迷迷糊糊間聞到屠黎洹的信引，以為對方又在修煉時碰到檻兒，想用採補爐鼎的方式度過，忍不住道：「你幾個月前傷還得那麼重，境界掉了便掉了吧，慢慢恢復便是，犯不著急著修煉回去……嗚！」

香甜溼軟的舌尖鑽入，在口腔中靈巧地彈動著，兩塊舌肉隨即糾纏在一起，貪婪地品味著彼此的氣味，直到唾沫沿著嘴角滴落，兩人才戀戀不捨地停下這個深吻。

屠黎洹舔了舔留在脣上的銀絲，在虞塵藏不住的火熱視線下悄聲道：「我在思考一個問題，但答案得你替我找才行……你能幫我嗎？」

「當然，要我怎麼幫你？」虞塵毫不猶豫地應道，又立刻補上但書：「先說好，如果是可能讓你受傷的事，我不只不幫，還會阻止你哦。」

雖然虞塵覺得自己似乎沒什麼資格這樣要求屠黎洹，畢竟他也是個瘋起來會理智斷線的人，但眼下兩人都沒有遇上任何危機，完全沒必要進入那種激進狀態。無論屠黎洹想做什麼，他的安危都得擺在第一才行。

被如此「告誡」，屠黎洹覺得心口暖暖的，不禁又湊近虞塵一些，直到整個人伏趴在對方身上，才用有些無辜的語氣說道：「別緊張，不是什麼大事。我只是在想，如果我們採補彼此，修煉效果會是增強？相互抵銷？還是衰減？又或者……是更加出乎預料的結果？」

「啊？」

「從來沒有魔修試過，因為乾元不會准許他的坤澤爐鼎這麼做。但我們兩人的情況特殊，為什麼不趁機試試？」

屠黎洹看著一臉茫然的虞塵，忍不住又低頭親了他家的傻狗子一口，躍躍欲試地續道：「我想試驗，想知道成效究竟如何，幫我找出答案，好嗎？」

「……好！」

虞塵不得不承認自己也被勾起好奇心，但讓他一口答應的主因還是屠黎洹拜託的口氣太可愛，他怎麼可能拒絕得了？

自從兩人重逢後，屠黎洹就不再像過去那樣我行我素，似乎還愛上了詢問虞塵意見這檔子事，總喜歡問他好不好、要不要、行不行，再興致勃勃地等他回應自己。

那模樣像極了等著領賞的孩子，單純得不可思議，而且再微不足道的回答，都能讓屠黎洹高興好一陣子。

只要虞塵願意訴說，他就能聽得歡天喜地，彷彿回應的行為比答案內容更有意義。

虞塵很慶幸，甚至有些沾沾自喜，無論過往或現今，屠黎洹的純真始終是他一人獨享的「福利」。

這也是為何，哪怕沒人明白他怎能如此迷戀這位凶神惡煞的魔尊，他依舊能堅持「我老婆宇宙無敵最可愛」的信念。

如果可愛能換錢，他老婆就是超級大富翁了，懂不懂啊！

所以當他看著他家的可愛大富翁開始脫衣服，身體就不爭氣地起反應了。

鼻腔裡充斥著虞塵的信引氣味，後臀更是被某個逐漸脹起的硬物頂了幾下，屠黎洹淺淺一笑，伸手解開腰帶，任由衣物順著雙肩滑落，露出的肌膚一點一點被紅色魔紋覆蓋，原本平穩的呼吸也逐漸急促起來。

「需不需要我教你？把我當成爐鼎的方式……」

一直以來都是虞塵任由屠黎洹汲取他的生命力，而他卻從不反過來這麼做，似乎是捨不得從愛人身上討要如此重要的東西，哪怕屠黎洹早准許過他，他得到的向來只有單純源自性愛的快感，除此之外可說是分毫未取。

虞塵溫柔地撫摸著屠黎洹赤裸的身軀，卻同時露出略帶猶豫的神色，不太肯定地應道：「我大概知道怎麼做，但是……」

屠黎洹聞言立刻擰了一下虞塵的耳朵，氣惱地質問：「虞塵，你是把我當成瓷做的娃娃，一碰就碎嗎？你不會弄壞我的。」

兩人的慾火早被彼此撩起，結果虞塵還在那裡畏首畏尾，惹得屠黎洹怒火也跟著冒出，乾脆在掌心匯聚一股真氣，二話不說朝虞塵胸膛拍入。

虞塵一雙灰眸旋即閃過一抹青光，黑色魔紋自胸口綻放，紋路迅速爬滿他左半邊身子，更有一股強烈到令屠黎洹都感到壓迫的魔氣傾瀉而出，讓他感覺自己正不知死活地騎在一頭凶獸身上。

「唔！」

屠黎洹在被虞塵抓著反壓到身下時發出低呼，抬眼就見被他狠狠刺激了一把體內經脈的虞塵，正衝他發出隱含威嚇之意的低吼，可他卻一點也不害怕，反而變得更加興奮。

「想壓抑住那股躁動？還是想徹底釋放？」

「想……」

虞塵深吸一口氣，神情在克制與狂躁之間擺盪著，有些磕巴地道：「我想、想要……你……」

「對，就是這狀態，然後……啊！」

凶器似的粗硬肉棍毫無預警地貫入後庭，屠黎洹挺著腰發出哀吟，卻只是讓虞塵藉此肏得更深，一口氣頂到根部都深埋在肉穴之中，隨後粗魯地抽送起來。

「嗚、哼嗯……虞塵、嗚……太深了……嗯嗯嗯！」

「抱歉……抱歉、黎洹……我、我忍不住……呵呃！」

虞塵感覺自己彷彿回到年少時，那第一次的信引失控，也是這般令他暴躁又難以自抑，高漲的不只有情慾，甚至還有占有欲和莫名的殺意，既想征服一切，又想抹殺一切。

不應該的，他是強大的乾元，他不應該成為被信引徹底支配的牲畜。

他需要什麼讓自己冷靜下來，他需要——

「嗯啊！」

屠黎洹感覺那根猙獰的肉棍正蹂躪著自己後穴，用硬挺的小頭猛烈頂弄內壁，力道和節奏毫無章法，卻還是肏得他渾身酥麻痠軟，性器同樣脹硬翹起，抵著虞塵下腹來回蹭動，留下一道道溼潤的痕跡。

「別、別忍……嗯、嗚嗯……你要的、我都給你……哈啊！」

屠黎洹雙腿被虞塵向上一抬、膝窩架在肩頭上，引著昂起的穴口更加賣力吞吐那根雄偉的肉棍，擠壓出「咕啾咕啾」的情色聲響，空氣中的信引氣息更是濃烈到令人暈眩。

這一刻，虞塵終於體驗到修煉《魔神造化功》最終會進入的特殊狀態、那種需要鮮活精元來紓解一身狂躁的強烈感受，伴隨著愛人信引催動起來的情慾，統統混雜成一股簡單的衝動——

他要搾乾他的爐鼎，順便肏死他。

「黎洹、我停不下來……」

「那就別停……哼嗯、沒關係……別停……嗚嗯嗯！」

又一次凶猛的挺進，屠黎洹被頂得弓起身子，令人瘋狂的酥麻感不斷自後穴傳來，讓他禁不住晃起腰臀想獲得更多刺激，卻立刻被虞塵掐著腿根固定姿勢，乖乖承受那越發粗暴的肏幹。

少了過往那些溫柔的前戲和愛撫，屠黎洹頭一回見識到虞塵在性事上也能如此野蠻，張狂又充滿侵略性的信引氣味嗆得他喘不過氣，更別提自己還能清楚感受到精元在流失、生命力被一頭飢渴的惡獸大口吞噬……

這一切本該讓這次歡愛變成一次極為糟糕的體驗，可他卻甘之如飴，在虞塵按著他狠狠肏幹時，發出痛苦夾雜著歡愉的嬌吟，後穴更收縮不止，不停吸絞那根讓他高潮無數次的肉棒，被肏出來的淫水沿著臀縫流了一地。

只有虞塵、也只能是虞塵，可以用這種頂級獵食者般的姿態將他徹底征服。若他是名坤澤，現在肯定被肏到哀求虞塵讓他受孕了。

「嗚、哼嗯……虞塵、我愛你……」

「黎洹、我也愛你……真的好愛你……又好想肏死你……」

貼著耳際傳來的嗓音既深情又瘋狂，聽得屠黎洹渾身酥軟，任由虞塵側過他身子，一邊夾著他一條腿控制插入的角度、一邊低頭咬住他後頸，讓信引注入腺體中，徒勞地製造著根本無法留下的標記。

屠黎洹只覺得下腹一緊，在信引注入時哭喊著攀上高潮，胯間噴灑出點點白濁，後穴也跟著猛烈收絞——

「嗯啊啊啊！」

本已深埋在體內的肉棍猛地向前一撞，屠黎洹被插得又洩了一回，感覺那根肉棍的前端似乎變得更大更硬，內壁因此傳來模模糊糊的撐脹感，下腹更是直接被頂得微微凸起。

慢著，那是……

當屠黎洹意識過來發生什麼事時，虞塵已經咬著他射了，濃稠燙熱的精液一股股注入肉穴深處，試圖灌滿還在不斷抽吸收絞的肉穴。

只可惜，虞塵的「結」無法填塞住根本不存在的生殖腔口，只能任由多數精華自兩人交合處的縫隙擠出，最終留在屠黎洹體內的量遠不到一半。

「你、你居然……」

屠黎洹很是驚詫，沒想到虞塵竟會對他產生受孕衝動，這是兩人以往不管做得多激烈，都沒能達到的程度。

那應當是身體被預設好的反應機制，一名乾元本就不該對另一名乾元有這種生理衝動才對。

沒想到，他原本不過是想刺激虞塵、讓對方進入那種需要採補精元來舒緩狂躁的狀態，竟讓人激動到可以無視本能限制，想把另一名乾元肏到懷孕？

就算他偶爾也對吞吃虞塵的生命力有點上癮，卻也不曾發生過今天這種事……也罷，反正他們兩個早就「壞了」，去思考這個問題根本沒有意義。

徹底發洩過一輪的虞塵似乎平靜了些，但眼神中仍有鮮少顯讓屠黎洹看見的暴虐與瘋狂；他意猶未盡地舔咬著愛人後頸的腺體，語氣略帶恍惚地說道：「好爽……你要是坤澤，我肯定能肏得你生一打……」

屠黎洹聞言一愣，半晌才有些忐忑地問：「你想要孩子？」

盡可能散播自己的血脈是乾元的本能，只是屠黎洹始終認為，虞塵跟他一樣沒有這方面的想法，所以也從沒思考過這件事。

但現在……

「孩子？我不要。」

虞塵斬釘截鐵的回答將屠黎洹飄離的思緒拉回。就聽對方顫聲續道：「萬一孩子跟我瓜分你的愛……那怎麼辦？不行、我受不了……我會忍不住殺死他的，絕對會……」

屠黎洹回眸看著神情狂熱的虞塵，不去管這傢伙此刻是不是又被那個瘋癲的人格主導了思緒，只覺得方才那番話大概是他聽過最動人的情話，內心的悸動強烈得像是要衝破胸腔，讓他反身撲抱住虞塵，並給他一記深吻。

他家大狗子就是瘋魔——他愛死了！

好不容易才停下讓彼此都快喘不過氣的吻，屠黎洹輕扯虞塵的髮絲，貼著他耳畔低聲道：「你剛剛那樣對我，我很喜歡……以後每天都這樣做、每天都採補我，好嗎？」

雖說一開始，他是想用兩人都挺喜歡做愛這點來「激勵」虞塵修煉，但屠黎洹發現，最後被激勵成功的好像是他？

修煉很棒、跟虞塵做愛也很棒，兩件事加在一起，那可真是棒透了！

「好，當然好……我現在就想再做一次。」

「那你還在等什麼？」

稍微冷卻的氣氛再度炙熱起來，兩具為彼此痴狂的身軀糾纏在一起，徹底耽溺在這特殊的「修煉功法」中，用愛與慾譜出一首寫滿「荒淫」的甜蜜樂曲……

後記

大家好，這裡是阿滅跟吃肉肉的小怪獸！

這本書集結了很多「第一次」，穿書、古風、ＡＢＯ，全是新嘗試，阿滅自己寫得瑟瑟發抖哇！

如果大狗子跟魔尊的甜甜故事能給各位帶來愉快的閱讀體驗，那就再好不過了！

其實當初我是在「原創星球商業徵文活動」截稿時間剩不到一個月時，才焦頭爛額地天天熬夜拚稿，最後幾天更是看著日出把結局敲完，完稿的時候都覺得自己也要飛升上界了！

但最後能收穫編輯部的肯定，還有機會讓故事實體化，就覺得自己沒有放棄完稿真是太好了！

最後也感謝責編和出版社給這本書做了這麼棒的出版計畫，同時謝謝ＭＮ老師的美圖，更感謝買了這本書並讀到這裡的你。

有機會的話，也可以上原創星球看看CP們反穿現代的小番外哦！

那麼，咱們就下一本書再見啦～

阿滅的小怪獸二〇二二・十

藍月小說系列

荒淫的魔尊不可能這麼可愛

作　　者／阿滅的小怪獸　　**繪　　者**／MN
執 行 長／陳君平
榮譽發行人／黃鎮隆

出　　版／城邦文化事業股份有限公司 尖端出版
台北市中山區民生東路 2 段 141 號 10 樓
電話：(02) 2500-7600
傳真：(02) 2500-2683
E-mail：7novels@mail2.spp.com.tw
發　　行／英屬蓋曼群島商家庭傳媒股份有限公司城邦分公司 尖端出版
台北市中山區民生東路 2 段 141 號 10 樓
電話：(02) 2500-7600（代表號）
傳真：(02) 2500-1979
中彰投以北經銷／楨彥有限公司（含宜花東）
電話：(02) 8919-3369　傳真：(02) 8914-5524
雲嘉以南／智豐圖書有限公司
（嘉義公司）電話：(05) 233-3852　傳真：(05) 233-3863
（高雄公司）電話：(07) 373-0079　傳真：(07) 373-0087
一代匯集／香港九龍旺角塘尾道 64 號龍駒企業大廈 10 樓 B&D 室
電話：(852) 2783-8102　傳真：(852) 2582-1529
E-mail：hkcite@biznetvigator.com
新馬經銷／城邦（馬新）出版集團 Cite (M) Sdn. Bhd.
E-mail：cite@cite.com.my
法律顧問／王子文律師　元禾法律事務所
台北市羅斯福路 3 段 317 號 15 樓

2022 年 11 月 1 版 1 刷

郵購注意事項：
1.填妥劃撥單資料：帳號：50003021戶名：英屬蓋曼群島商家庭傳媒(股)公司城邦分公司。2.通信欄內註明訂購書名與冊數。3.劃撥金額低於500元，請加附掛號郵資50元。如劃撥日起 10～14日，仍未收到書時，請洽劃撥組。劃撥專線TEL：(03)312-4212 ・ FAX：(03)322-4621。E-mail：marketing@spp.com.tw

國家圖書館出版品預行編目資料

荒淫的魔尊不可能這麼可愛 / 阿滅的小怪獸作 . --
1 版 . -- 臺北市 : 城邦文化事業股份有限公司尖
端出版 : 英屬蓋曼群島商家庭傳媒股份有限公司
城邦分公司尖端出版發行 , 2022.11
面 ;　公分
ISBN 978-626-338-616-7 (平裝)

863.57　　　　　　　　111015554